A sordidez das pequenas coisas

A sordidez das pequenas coisas

Alê Garcia

2ª EDIÇÃO · Porto Alegre · São Paulo · 2023

"Você, como acontece tantas vezes, não teria podido precisar o momento em que acreditou entender; também no xadrez e no amor, há esses instantes em que a névoa se levanta e então se realizam os lances ou atos que um segundo antes teriam sido inconcebíveis.

Julio Cortázar,
Reunião com um círculo vermelho

9	**APRESENTAÇÃO** Alê Garcia
21	**PREFÁCIO** Stefano Volp
23	Veja bem, não vamos perder a oportunidade
29	Velhos
33	As nuances mais opacas
37	Senhas
41	Submersão
57	Florencio
63	Subúrbio
69	Selmara
75	Vãos
95	Procissão

99 Decágono
109 Pequena resolução de ano-novo
113 As pernas flácidas de dona Ataíde
117 Finados
123 Epifania
127 Antes da noite chegar
131 Um tio
143 Verão em Porto Alegre
147 Pelo alívio dos enfermos
157 Me
161 POSFÁCIO Mariel Reis

APRESENTAÇÃO
A imensidão das coisas minúsculas
ALÊ GARCIA

> *If there's a book you want to read,*
> *but it hasn't been written yet,*
> *then you must write it.*
> **Toni Morrison**

O que não foi capturado pela foto: o ar, que parece lã molhada no verão úmido de Porto Alegre. Um sol que é um borrão luminoso num céu mais pintado de cinza do que de azul. Toda a sonoridade, que é formada quase que completamente por gritos abafados a metros dali, rompantes hediondos de alegria alcóolica em torno da José do Patrocínio, só a alguns passos do pequeno apartamento do homem na foto. Garrafas de cerveja vazias. Cães perambulando sem coleira. Meninas com bermuda de surfista arrastando indolentemente seus chinelos de dedo, a pele cheirando a suor, as canelas esbranquiçadas. Folders da festa de logo mais à noite descansando aos montes no meio-fio, acumulando-se na boca de lobo que não vai capturar a água da chuva dali a alguns meses (mas ainda não). Por enquanto, só a perspectiva de felicidade jubilosa: o som de bandos de adolescentes caminhando pelo meio da rua como se os carros em marcha lenta ecoando Black Eyed Peas de seus potentes subwoofers não tivessem sequer o direito de querer disputar espaço. A cento e trinta metros dali, a casa noturna que fora seu objeto de desejo a juventude inteira, agora ao alcance da sua vontade — mas exatamente no momento da vida em que só tem um teclado ao alcance das mãos —, cuja fachada ostenta um letreiro em neon apagado: Bar Opinião.

Verão. Só que ainda antes daquela época em que o vento nordeste chega rascante pelo estado, ignorando os últimos resquícios de sol e colocando fim, prematuramente, a qualquer divertimento em uma cidade sem praia. Ou sem uma praia decente.

Como estava o objeto da foto, antes dela ser capturada: os cabelos desgrenhados, de cueca em frente ao notebook, o copo de suco pela metade esquentando sob o sol inclemente que entra pelo friso da janela às suas costas; o notebook equilibrando-se em uma mesa de vidro gelado na qual refresca seus antebraços a cada vez que deita a cabeça em completo estado de desespero e incompreensão sobre por que decidira dar início àquilo que parecia que nunca veria um fim. Colado à mesa, um rack onde descansa a televisão e sua coleção de DVDs, para os quais escapa a cada vez que as palavras na tela do notebook voltam a não fazer mais sentido.

Na foto, o objeto da foto — que sou eu — tem a aparência de um maníaco compondo uma carta ameaçadora: a mão pousada inutilmente sobre o mouse, há muito tempo sem qualquer movimento; o cenho franzido e os olhos apertados como um míope parecem querer encontrar uma concentração que, por mais que insista, não está por ali, mesmo que não haja nada com o que se dispersar. Mas ele é capaz de se dispersar imaginando quem colou os adesivos com especificações técnicas na superfície do notebook. Ele é capaz de se dispersar imaginando quem *inventou* os adesivos com especificações técnicas que alguém um dia colaria na superfície de notebooks.

A foto onde se poderá ver ele — eu, Alê — naquele verão, quando for conveniente que alguém a veja, já estará um tanto envelhecida; haverá uma leve faixa de bolor no canto, mas ainda será possível notar que, no instante em que ela foi tirada, ele queria aparentar calma e confiança — não esqueceu do dedo polegar esticado num hesitante gesto afirmativo, mas sua boca, só levemente voltada para baixo no caminho para um sorriso que não se concretizou, contradiz a tentativa. O ventilador às costas deveria servir para apaziguar o calor, mas sua tez é suada e seu aspecto é doentio.

Minha tez é suada e meu aspecto é doentio.

Eu não estou calmo e confiante.

Talvez porque eu me dê conta de quão patética é a minha situação: meu livro simplesmente não avança das páginas iniciais. Na verdade, talvez nem as páginas iniciais possam configurar como sendo um livro em processo. Mas eu gosto de chamar assim.

Verão, 2009.

Tudo o que eu tenho, naquele verão, é um apanhado de escritos dispersos, notas apressadas digitadas, já que minha mão possui uma incapacidade em escrever à caneta que deveria ser forte motivo de preocupação ortopédica. Por isso o moleskine, comprado por puro fetiche, há muito abandonado no canto atrás da impressora. Das notas, metade, ou talvez mais, não me pertencem. São excertos dos livros que fui acumulando, leituras sobrepostas que justificava como *pesquisa* e nas quais estava envolvido desde sempre. Uma *pesquisa* infinita. Quem entrasse na pequena sala do pequeno apartamento que eu dividia com minha então namorada, hoje minha esposa, talvez se espantasse com a quantidade de livros empilhados por todos os cantos: lá estão as obras completas de Thomas Mann, os colossais volumes que somente minhas frequentes buscas pelos sebos da cidade conseguiram transformar em aquisições acessíveis; lá estão as versões de bolso de Kafka, os Dostoiévski, os Joyce e a adorada edição em capa dura de *Este lado do paraíso*; Virginia Woolf, Charlotte Brontë, Jane Austen, todas formando uma espécie de clube de meninas, lado a lado na estante; Dickens, Kipling, Faulkner, Flaubert, Henry James — Henry James por todos os lados; e, claro, também lá descansam meus Machado, Graciliano, Fonseca e Lispector, e me abanam de vez em quando, seduzindo-me por suas lombadas exibidas, meus García Márquez, Llosa, Fuentes, Borges e Cortázar, querendo roubar-me a atenção para que não me deixe levar por Noll, por Suassuna, por Verissimo, por Vilela. Estão todos lá, vez em quando precisando abrir espaço para mais convidados, novos moradores que esperam sua vez de serem a atração na festa que sou eu percorrendo as suas lombadas.

Entre as páginas dos livros que rodeiam meu notebook e deveriam ser referências para o volume de contos que eu me propusera a escrever, uma quantidade gigantesca de post-its e pedaços de papéis rasgados marcando passagens, como: Pág. 38 — *Princípio profissional do protagonista; Um parágrafo: descrição da vida da personagem; Simulacro de civilidade: paz em família aparente, somente comportamental; Detalhes da casa sob preocupação ***TAPETE***; Embebedando-se discretamente!; Salto no tempo para contar a infância dos meninos; Estranheza deprimente em relação à própria família; "Um punhado de carros, faróis brilhando vagamente na neblina do amanhecer" — bom começo!; Navalha de Ockham; Pág. 21 — Rashana era um poço fervilhante de informações; Pág. 143 — narrador fala para VOCÊ: "Era na sétima série que você descobria..." — tentar narrativa na segunda pessoa; "Ela jorrava linguagem como um hidrante aberto" (pág. 67); Idas e vindas temporais.*

Eu era meu próprio David Lodge. Afinal, ninguém precisa de manuais sobre a arte da ficção quando tudo, eu julgava, estava ao meu alcance nos romances e volumes de contos que formavam uma torre na minha mesa de trabalho. Livros que eu achava que eram como eu queria que o meu primeiro livro se parecesse. Fragmentos que, somados — escolhas narrativas, descrições de personagens, pontos de vista, ambientações, climas, diálogos — seriam suficientes para, sim (eu achava), compor o meu primeiro livro.

Era como encher um peru no Natal. A superfície eram meus rascunhos de histórias, minhas ideias de trama. Meu desafio era *somente* encontrar a melhor forma de preenchê-los. E eu escolhi aquele verão para recheá-lo, o verão que depois virará uma fotografia abandonada no fundo de uma caixa plástica azul, mas que, no momento, é onde estamos: verão de 2009, antes de eu ser interrompido por minha namorada surgindo na sala para capturar a fotografia.

*

Desde que me entendo por gente, sou obstinado por criar narrativas. As primeiras, emulando as histórias que lia, escrevendo à caneta esferográfica em velhos cadernos pautados que ia desovando pelos diversos cantos do meu quarto. Incluía em tramas detetivescas completamente alheias àquele mundo real meus colegas de aula, os amigos da rua. Adaptava os volumes da Coleção Vaga-Lume e suas edições repletas de ilhas selvagens, assassinos com membros robóticos e criminosos que enviavam pistas dentro de pequenas caixinhas misteriosas; tudo isso era devidamente adaptado ao tropicalismo da Restinga, o bairro de Porto Alegre onde nasci. E, assim, moleques de dez anos de idade se transformavam em aventureiros capazes de sobreviverem sozinhos em ilhas inóspitas ou em inspetores sagazes, mesmo que habitassem um lugar quente demais para usarem sobretudo.

Mas desde que me tornara um adulto era uma outra coisa, não era mais como se tivesse uma trama sobre a qual escrever. Eram sentimentos esparsos, frases que pareciam mais como reflexos de instantes muito anteriores que me obrigavam ao registro na folha de papel. Qualquer coisa que pudesse representar a solidão de se estar cercado em um parque de diversões muito triste, a potência de ser soterrado pela indiferença de uma garota que já disse meu nome e a distância que se pode estar de seus pais, mesmo estando somente a alguns metros, dentro da mesma casa, ou o silêncio em que se pode estar mergulhado, ainda que seja possível ouvir o resfolegar inconfundível de meu pai a duas portas de separação.

Ou o sentimento de pensar: qual é a idade aceitável para um garoto negro descobrir que provoca aversão?

*

O objeto da foto, antes de se tornar objeto da foto, ficava, naquele verão, mirando a página em branco durante uma eternidade, repleto daquela certeza de que o ato de pousar os dedos nas teclas nos próximos instantes irá presenteá-lo com o que há de mais recompensador para quem está há um bocado de tempo sem escrever coisa alguma. Se pudesse escrever um parágrafo, um só parágrafo que fosse, que justificasse todas as leituras e notas de todo o ano anterior, seria capaz de sobreviver dignamente àquele verão antes de se deparar com mais uma nota na internet revelando mais algum jovem prodígio com idade exatamente igual à sua, agraciado com algum prêmio cujos jurados são todos cupinchas e eles que se fodam.

Ao invés de simplesmente escrever, eu me cansava várias vezes por dia, irritado com o meu próprio hábito de perder mais tempo me preocupando com o que estavam lançando os outros escritores da minha idade e o que estavam falando sobre eles nos cadernos culturais e nos sites. Era tudo isso, mais do que focar a energia em meu próprio livro. Ou tentando me livrar de tanta influência, temeroso de que meu talento não chegasse nem perto dos autores que admirava. Se há tanto para ser lido, tanta coisa *incrível* para ser lida, por que perder tempo tentando compor meu próprio conjunto de frases que façam algum sentido? Mirar a página em branco, buscando uma recôndita fenda que nem eu mesmo sabia onde iria me levar.

*

(De vez em quando, eram as galerias do Centro que o cooptavam. E lhe encantavam os cheiros úmidos, todos os vendedores que se apinhavam ali pela Rosário. Poderia encontrar pilhas para o relógio, tudo o que pudesse imaginar em equipamentos eletrônicos, consertos de óculos, quase sempre os chineses proprietários das lojas, berrando pechinchas pelos corredores. Os comércios, ilegais na sua maioria, todos apressados em busca de promoção, o conserto da máquina fotográfica que diziam importada, e outros, sábado pela tarde, preguiçosos por ali. Os barrigudos de camisa aberta até quase o umbigo, os palitos no canto da boca. Logo mais adiante, podiam pegar o elevador. Ali, as mais baratas. A galeria se estendia alguns andares acima e nela se poderia ter acesso a verdadeiros descontos. Quanto mais acima, mais contraditoriamente abaixo na sordidez.)

Isso foi o que começou a se formar de maneira mais consistente depois de muita insistência, depois de não querer tão somente reunir um conjunto de contos esparsos que eu vinha publicando desde que me tornara colunista no jornal O Globo, no início da internet no Brasil, intercalando ficção e crítica literária e cinematográfica. E isso, trecho do conto *Submersão*, foi o que passou a contar com as opiniões mais positivas de todos os poucos a quem eu submetia alguns textos. Mal sabia eu — e quando o soube, foi como o destrancar de uma porta, clic, para todas as coisas que eu poderia fazer — que a sordidez na qual o personagem Pablo se embrenha, cada vez mais, e que acaba por se tornar o fio condutor do livro, era quase como uma terapia literária para revelar o estado em que eu pensava me encontrar como escritor.

É somente agora, mais de dez anos após publicar meu primeiro livro, que tenho maturidade para me dar conta disso. O tanto de coragem, vontade e obstinação que eu tinha para decidir que me tornaria, então, um escritor, era coberto pelo tanto de medo, vergonha e pré-julgamento por eu decidir que me tornaria, então, um escritor.

Você, Alê Garcia? Você, esse negrinho da periferia da capital gaúcha? Sem estirpe, sem ascendência, sem sobrenome judaico, sem conexões no universo literário?

Eu estava longe de entender para onde poderia ir e de compreender tudo o que poderia de fato dizer com a literatura. Ainda assim, talvez de forma inconsciente, eu estava *dizendo*: entre uma metáfora ou outra sobre minha própria falta de estima literária, eu estava conseguindo traduzir em literatura o que eu vivia, o que me preocupava, o que eu então considerava como limitação, mas que, na verdade, era a base que forjava quem eu sou. Eu estava, também, criando tramas sobre questões raciais e sociais em um momento em que ninguém ainda estava *preocupado* com essas questões, em um momento em que a literatura branca, entediada, do homem intelectual, envolvido com suas questões existenciais, era o que dominava as maiores editoras brasileiras, fazendo com que escritores da minha idade, brancos, capazes de escrever livros assim, fossem aqueles que recebiam convites para residências no exterior e aparecessem em listas latino-americanas de "melhor alguma coisa que você não pode deixar de ler na literatura contemporânea". Eu estava tentando escrever sobre raça, e claro que eu iria ser ignorado por editores e por críticos das mídias mainstream, e tudo o que iria me sobrar, com sorte, era a possibilidade de publicação do meu livro por algum selo obscuro e a resignação de promovê-lo por conta. Com sorte, seria convidado para falar em um programa de um canal educativo que ninguém assiste. Com muita sorte, viraria roteirista colaborador de algum filme que nunca seria lançado sobre negros nos morros cariocas. Ter meu livro, meu primeiro livro, finalista do Prêmio Jabuti e um dos vencedores do Prêmio Literário Biblioteca Nacional? Sem chance.

    Eu tinha duas opções: escrever de forma tão afetada que logo minha literatura "sobre raça" viraria uma coisa tão universal e insossa que ninguém se importaria que eu fosse negro — o que faria com que, rapidamente, me tornasse um escritor *branco*, cercado por autores brancos, cultuando os mesmos brancos europeus mortos, frequentando os mesmos bares de escritores brancos. E minha outra opção era ser tão lírico e tão sutil que quem lesse nas entrelinhas nem saberia que aquilo era sobre raça. Mas iniciados saberiam.

*

"Você tem que se concentrar no que você quer. É só escrever uma história que faça sentido para você e ela fará sentido para mais alguém", alguém me disse, e é uma grande falha eu não lembrar quem.

    Enquanto não tinha compromisso com uma publicação e tudo o que eu escrevia publicava onde quer que conseguisse — sites, revistas, coletâneas — a literatura, para mim, era aquilo o que deveria ser sempre: diversão e expressão. Porém, no exato momento em que tinha o compromisso de escrever um livro, eu andava cada vez mais alheio ao verdadeiro motivo que me levava a escrever desde sempre. Parecia um Grady Tripp de *Garotos incríveis*, de Michael Chabon, perdido em suas milhares de páginas infinitas, porque tudo parecia incrivelmente menos importante do que minha obsessão com tudo o que circundava o que cada vez mais se estabelecia como um *universo literário*. Ou *panelinha*, como preferia dizer em voz baixa, com um ressentimento facilmente perceptível se alguém pudesse me ouvir.

    Trabalhar como redator em uma agência publicitária, repleta de vaidade e rótulos intelectuais, com alguém sempre à espera de se tornar o próximo romancista, não estava ajudando em nada no processo. Isso fazia com que cada vez mais eu questionasse minhas escolhas — a estranha obsessão que fazia eu me dedicar há anos a algo com que ninguém verdadeiramente parecia se importar e que eu mesmo não tinha tanta certeza assim de ser capaz de fazer (ou ter talento suficiente para tal). Por que não me dedicar a algo com que *as pessoas de verdade* se importam? Não meus colegas de trabalho, não meus amigos repletos de referências, não os escritores que se autorresenham elogiosamente, em um ciclo sem fim. As pessoas de verdade. Por que não me dedicar à indústria musical, já que eu vinha passando de uma banda a outra há alguns anos? Mesmo aquela indústria feita de hits vazios, frios e sem vida deveria ter mais poder de comoção do que o que eu achava que estava fazendo. Uma canção de três minutos feita da colagem de outras canções fazia muito mais sentido do que um livro, para a maioria das pessoas. O cinema, quem sabe? A selva de sobrevivência atrás da disputa por editais e leis de incentivos para realização e salas de exibição deveria ter mais relevância do que aquilo no que eu insistia em me meter. Mas literatura?

*

Quando eu tinha cerca de onze anos, meu pai chegou em casa com uma gigantesca Facit. E tanto meus pais como meu irmão já tinham aprendido que era melhor não incomodar o garoto maluco enquanto ele estivesse catando milho nos teclados daquela velha máquina datilográfica, fascinando-se a cada segundo — durante todos os dias da temporada de existência da máquina naquela casa — com a magia daqueles tipos imprimindo ruidosamente na página de papel sua existência livresca, sua fonte serifada que o levava a crer que estava produzindo algo menos vergonhoso do que o que vinha dividindo apenas comigo mesmo em um diário, há mais tempo ainda.

Eu não tinha a menor ideia da lógica que colocara a, s, d e f ao lado umas das outras, nem porque se distanciavam de l, k, j e h. A disposição daquelas letras, daquela forma, certamente devia guardar justificativa em um daquelas velhas histórias de séculos atrás — mas não me interessava; queria conseguir decorar e dominar suas posições para ter rapidez ao pressioná-las, ainda que fosse com o dedo médio apertando cada uma delas, cenho franzido em concentração, desvendando a sequência das próximas letras que eu tinha que pressionar para produzir a palavra que desejava. Queria tornar-me digno de imprimir de forma tão definitiva aquelas palavras e sentenças, irmãs em importância de tudo o que lera até ali, nos livros que estavam espalhados pela casa.

A máquina parecia *implorar* por minhas palavras. Eu tinha um maço de folhas de ofício empilhado no meu lado direito e talvez aquelas minhas historinhas ficassem mais interessantes se absorvidas por uma tinta real, frase após frase, parágrafo após parágrafo.

Tinha uma coisa ali: a imponência, o sentimento de estar com a ferramenta. Diversas vezes tinha presenciado aqueles escritores dos filmes americanos encarapitados atrás de máquinas metálicas tão semelhantes àquela que eu agora tinha em meu quarto. Não tinha os cigarros para esfumaçar o ambiente inteiro e nem a mulher fatal como musa para a criatividade, mas não faltava vontade e alguns fiapos de histórias para também eu preencher com os tipos uma, duas, três páginas inteiras.

Todos os dias à frente da máquina, criando histórias, tinham aquela suspensão urgente, como se um evento extraordinário estivesse sempre prestes a acontecer. Lembravam o espaço efervescente daquela semiesfera logo acima de um copo de refrigerante recém-servido: estavam destinados ao espetáculo.

*

Durante minha adolescência, eu substituí madrugadas de divertimentos que seriam típicos para alguém da minha idade pela companhia de nomes como James, Salinger, Kipling, Woolf, Joyce, Brontë, Fitzgerald, Isherwood, Dickens, Nabokov, Sterne, Green, Amis, Bradbury, Fowles, Orwell, Lawrence, Butler, Césaire, Smith, Roth, Pynchon, Calvino, McEwan, Coe, Capote, Fante, Updike, Ishiguro, Burgess, Poe, Eliot. Eu estava querendo devorar todos os *clássicos*, mas, na maioria das vezes, o que conseguia, mesmo, era me sentir apenas um garoto negro ridículo que achava que poderia fazer alguma coisa de útil e ser um escritor tendo como referência todo aquele tédio europeu, todo aquele existencialismo e discurso burguês e branco que acumulara daquelas leituras, mas que, na verdade, não fazia muito sentido em relação a mim e à minha vida.

Porém, a obsessão já havia tomado conta. E se, em algum momento, eu era só um sujeito com uma velha máquina Facit à disposição, em outro, era alguém que acha que escrever é o próximo passo natural de quem simplesmente não para de ler. Da mesma forma que parece natural cozinhar quando você ama comer.

Quando descobri Gil Scott-Heron, James Baldwin, Toni Morrison, Conceição Evaristo, Paulo Lins, tudo começou a fazer mais sentido. Fazia sentido escrever um texto que fosse lírico e potente socialmente. Fazia sentido escrever um conto com subtextos sociais, porque, se aquilo era importante para mim, seria importante para outras pessoas. *A sordidez das pequenas coisas* é um apanhado disso tudo que é minúsculo: pequenas obsessões, traumas, lembranças, desejos, angústias, universos, dores, reminiscências particulares e coletivas. Coisas tão pequenas, mas de tantas pessoas, que se tornam esta coisa imensa e irrefreável. Assim como a literatura.

PREFÁCIO
Aquilo que a gente só fala para dentro
STEFANO VOLP

Quem cresce no subúrbio, como eu cresci, tende a saber o valor das pequenas coisas. O prazer de cortar uma pipa no céu, o quão divertido é fazer um estilingue, o cheiro do desinfetante rosa, a sola do pé sujo das brincadeiras descalças no quintal, o barulho da mangueira do vizinho lavando a calçada, o pé de mangueira, de acerola, de jaca, o gelado do chão em que a gente deita de vez em quando, o barulho das bombas a todo vapor no dia em que cai água, as variações de sabores de sacolé da Dona Maria, e por aí vai.

Nas pequenas coisas tem de tudo. Tem o amor, o afeto e a singeleza dos gestos. A riqueza dos detalhes e a grandiosidade de certas ações que só perceberemos depois de muito tempo. Tem poesia e toda sorte de beleza, mas, convenhamos, nem tudo é um mar de rosas. É nas pequenas coisas que também mora a vergonha, a sacanagem e a mesquinhez. O nojo inconfessável, o ódio retraído, a putaria disfarçada. A canalhice, a repulsa e os desprazeres. E, por causa disso, este livro é o que é.

Aqui, Alê Garcia passeia pelas condições da vida humana, explorando a sofisticação das relações por meio de recortes comuns. Com um olhar atento e por vezes cirúrgico, o autor não parece querer explicar ou resolver. Quer mostrar, se debruçar, enxergar e provocar. E assim, de conto em conto, constrói uma casa feita de muitos cômodos misteriosos, atraentes e desconfortáveis, por onde ecoam as vozes daquilo que a gente só fala para dentro.

Topei degustar este livro como se estivesse vendado, diante de um prato do qual eu não sabia muito bem o que esperar. Os primeiros instantes já me fizeram perceber que ele era de se comer pelas beiradas. Menos por vingança, mais pelo medo de queimar a língua. Ou pelo medo de se enxergar. Enquanto o mastigava, precisei lidar com uma explosão de sensações à boca. A mágoa, o desejo, a incompreensão, o desafeto, a angústia. Texturas novas, memórias gustativas amortecidas; o doce, o amargo, o pálido, o molhado, o fofo, o azedo; o eu não faria assim, o eu não reagiria assado, para depois silenciar e encarar a sordidez da minha própria existência no espelho. Depois voltei, mordi mais um pedaço, outro e outro.

Ao saborear os pedaços deste livro, percebi o quanto a criatura humana é complexa e requintada. Há também as questões da moral que nos transformam em seres profundos, se alastrando pela escuridão do oceano feito um iceberg, reservando o topo discreto para quem só consegue olhar acima do mar.

Alê Garcia escreve sobre as dimensões humanas e sociais de forma ousada. Fatia as pessoas em muitas partes, atrás de saber o que são as coisas que montam os nossos pedaços. Um livro que não só revela a si mesmo, mas também quem o lê.

Que a sua viagem seja tão interessante quanto a minha.
Boa degustação.

Veja bem, não vamos perder a oportunidade

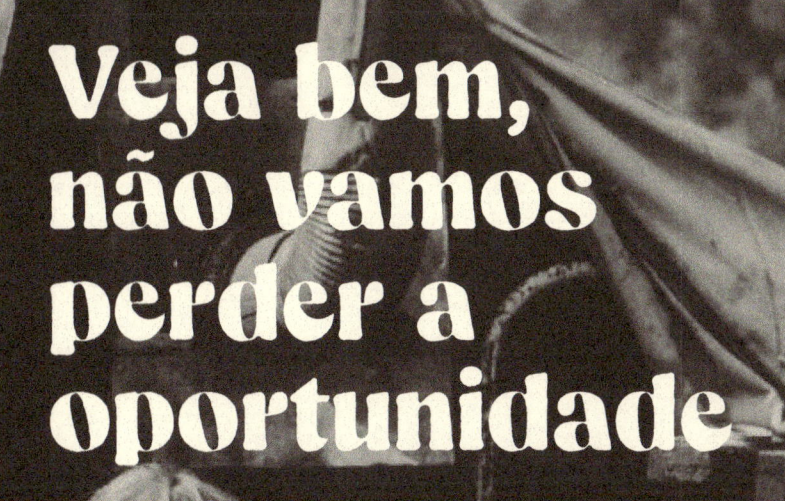

> Há a tentativa de fazer parte, entrar para o jogo, aceitar as convenções. E há o cheiro: o mesmo que se sente quando se cheira um braço bem de perto.

Dalton Machado,
Escuridão

E talvez Cecília tivesse mesmo razão e as crianças fossem pequenas demais para compreender a multidão de nuances que envolvia todas aquelas histórias que Emílio contava. O que ele não conseguia evitar, entretanto, era a graça decorrente da própria forma de contar ou das tentativas de apreensão por parte das crianças, Isabela e Dudu, ansiosos por entender cada uma das palavras do pai, os olhinhos muito atentos e o espanto variando conforme Emílio acentuasse ou tornasse cada expressão mais suave para seus ouvidos. Os ímpetos de ternura cresciam ao dividir com aqueles filhos tão pequenos a complexidade do mundo que estavam se preparando para explorar. As boquinhas abertas na incapacidade de entender o todo de seus ensinamentos só o impeliam mais e mais a querer transformar em contos infantis certas passagens da sua vida. Elas riam no meio de palavras como *macaco* — e ele criava uma mise-en-scène burlesca para acentuar a comicidade daqueles momentos —, elas tentavam soletrar *crioulo*, mas se perdiam em uma certa cremosidade tão própria da palavra, não é verdade?, ou seria crocância? Havia ali um encantamento que já era no mínimo etimológico e isso poderia ser bem visto como o princípio da coisa. Do entendimento da coisa. Não vamos dizer que Emílio realmente tivesse crença nisso nem vamos ser assim tão ingênuos de fazer coro a uma possível fé de sua parte de que as cabecinhas das crianças são como esponjas ou que ele pudesse lhes oferecer alguma espécie de carapaça que no futuro as protegeria de qualquer tipo de coisa ruim que pudesse acontecer. O certo é que Cecília não concordava e Emílio continuava, mas ora, não vamos brigar por isso, são somente visões díspares, discordâncias tão comuns a um casamento que entrara em tal estado de praticidade que inaudíveis alarmes de emergência pareciam disparar para um sempre que o outro começava a enveredar por conversas sobre as quais não mantinham as mesmas opiniões. Alarme de emergência é só uma metáfora, que fique registrado. Não havia ali pela casa nenhuma espécie de mecanismo semelhante a isso, quanto mais inaudíveis, que utilidade teria isso? Na realidade, o que acontecia eram convenientes pedidos de licença para ir ao banheiro, a carne na cozinha esperando para ser temperada e o relatório para a manhã seguinte que precisa ser impresso neste segundo. Facilitadores para afastar seus corpos convenientemente, de maneira que nenhum conflito tivesse tempo sequer de tentar se estabelecer entre eles.

Embora fosse tênue por demais a linha que separava ações práticas para o não acontecimento de discussões sobre divergências que, a bem da verdade, não eram de suma importância para o convívio da família, também é fato que, ao longo dos anos, pequenas providências que vinham sendo tomadas por ambas as partes nesse sentido acabaram somando-se como pequeninos mínimos ínfimos diminutos microscópicos titiquitos grânulos de fuligem que vão tornando tudo mais baço. Dado isso, poderia ser tomado por exagero e até por uma certa maledicência presumir que havia, nesses dias, mágoa de um para outro. Seria até contraditória, que dirá inconsequente e precipitada, uma afirmação desse tipo, já que, ainda que fruto de um acordo silencioso — tal qual todos esses acordos um tanto covardes em que os termos não são bem esclarecidos e tudo vai se levando se levando —, era uma realidade que nenhum dos dois no fim das contas poderia ignorar e vir com ai eu não sabia.

Mas então não havia *mágoa* — Emílio e Cecília não gostariam dessa expressão, definitivamente não é uma boa expressão —, mas vamos dizer uma estranheza qualquer. Um bom dia por vezes seco demais em manhãs como a que sucedeu a noite em que haviam discutido por causa das histórias de Emílio, envolvendo termos como *macaco, crioulo, tição, negãozinho,* etecétera, mas que ele preferiu resumir como um discurso contrário à tentativa de imposição do modelo racial anglo-saxônico sobre as crianças a partir do esforço midiático para elevação da boneca Barbie como brinquedo ideal padrão para todas as meninas. Isso tudo talvez tivesse que ir entre aspas, já que era o nome do discurso de Emílio, o que também não impediria que tivesse começado depois que a pequena Isabela pediu uma Barbie de presente no seu aniversário que estava para chegar. O interessante é notar como a pequena Isabela utilizou de modo tão correto um daqueles milhares de adjetivos que se pregam ao nome da boneca e que têm, na maioria das vezes, relação com alguma ocupação profissional — Barbie Enfermeira, Barbie Executiva, Barbie Dona de Casa, Barbie Designer de Interiores —, mas que também pode fazer referência a qualquer ação/estado/tendência pretensamente cool e/ou expressão aleatória criada por marqueteiros da indústria de brinquedos — Barbie Sonho de Amor, Barbie um Mimo para Você Delirar, Barbie Dancing Days, Barbie by Christian Dior. Um desses subterfúgios tão bem engendrados por esses caras todos que tão espertos que são esses caras. O fato é que, enquanto Cecília, na opinião de Emílio, caminhava para a concordância passiva, ele, por sua vez, esqueceu por completo que dificilmente, com seus cinco anos de idade, Isabela entenderia termos como "imposição histórica", "hegemonia racial" e outros correlatos e fez dela, junto com Dudu, a espectadora mais nova e chorosa a presenciar suas diatribes contra o que achou por bem chamar "plano maquiavélico de dominação do modelo europeu sobre negros e mestiços". Enquanto Dudu exultava, aos pulos, vendo um Emílio cada vez mais inflamado no seu pronunciamento repleto de adjetivos ameaçadores e perdigotos ensandecidos, a pequena Isabela mantinha-se fungando em completo desalento, repetindo, de tempos em tempos (mas não coincidindo com os intervalos do discurso de Emílio, sendo, portanto, semiprotestos nulos, uma vez que não escutados em sua plenitude: podemos analisar sob esse ponto de vista), o quanto queria uma Barbie igual à da Denise, a menina do andar de baixo, a amiga Denise. E essa, vamos deixar bem claro, foi a única vez em que Cecília, contrariando seu usual silêncio e calculada indiferença, vociferou para Emílio o quanto ele estava sendo ridículo, imaturo, ranheta e insensível com Isabela. Foi a única vez e foi o bastante para Emílio sentir-se ridículo, imaturo, ranheta e insensível. E veja bem, os cinco ou dez minutos seguintes em que, desprovido de sua pequena plateia, Emílio foi obrigado a permanecer sozinho na sala refletindo sobre a cena que acabara de protagonizar, foram, talvez, é bem provável, vamos assumir que sim, vamos nessa, os instantes mais solitários da sua vida.

Velhos

> Uma panorâmica é a solução perfeita. Com a grua passando por cima de suas cabeças, os idosos jogando gamão enquanto o sol se põe. Isto é cinema!

Frederico Cabral,
Ainda não é um roteiro

Como quem conta dedos, enumerou os velhos na praça.

Um, dois.

Alguns espantavam moscas, preocupados com o nada, a indefectível boina e um olhar embaçado, dividindo espaço com as meninas de calças apertadas em voltas sem fim por ali.

Três, quatro, cinco.

Um grupo se acotovelando por volta das mesas de jogos de damas, tão compenetrados com o movimento das tampas vermelhas contra as brancas — uma torcida silenciosa formada por olhares reprovadores, cochichos irônicos e fungadas impacientes. O seis ou o sete pareceram dar-se conta da sua contagem, fitaram-no enraivecidos e tomaram rumo da banca de jornal. E se enraiveceram ainda mais por alguma medida governamental qualquer estampada na capa, de aumento de imposto tal ou corte de benefício que por fim, julgaram, os deixaria em maus bocados. E foram para casa tomar café com leite.

Quando conseguiu terminar a contagem mentalmente, eram vinte e três ou vinte e quatro velhos, às dezesseis horas da tarde, e tornou a repetir o gesto apenas para se certificar de que nenhum outro teria fugido. Na lentidão dos passos dos velhos, podendo se demorar sobre o de número dezesseis, notou-lhe a imobilidade mais do que impressionante. Desde as nove ou dez horas da manhã, antes do caixote de madeira sequer somar dois reais no seu interior, o velho se mantinha inerte aos outros velhos da volta. Perto do meio-dia, deu fim a duas ou três bananas porque têm potássio. E o velho mirando o nada. Como se arrastara até o extremo oposto da praça porque ali já não mais se compadeciam com seus cotocos de pernas e suas roupas puídas e seu cheiro azedo, já não tinha mais certeza de ser o mesmo velho das nove. Uma menina aprochegou-se por volta das quatorze, mirou o velho de cima a baixo e sentou ao lado. O velho ofereceu um pedaço de rapadura, ela colocou a mão sobre o seu joelho e ele balançou a cabeça negativamente. Ela insistiu com os dedos finos perto da sua braguilha e o velho fez menção de levantar. Como ela desistiu, meneando a cabeça umas tantas vezes, ele tornou a sentar-se, descascando mais uma banana. E ela se bandeou para o lado dos jogadores de dama.

— Um real para ajudar com a comida, moço!

Vinte e cinco centavos tilintaram na caixinha. Do outro lado da praça, também não mais se solidarizavam com um mulambento sem pernas. Arrastando-se entre os velhos jogadores de dama, era como se fosse mais um cachorro. Os velhos preferiam catar os minguados para apostar em quem venceria a partida do que lhe estender uma moeda de meio real que fosse. Os velhos preferiam não desviar os olhos da mesa a se importar com quem lhes roçava as canelas.

Mas o dezenove — se bem que poderia ser o vinte e um, os bonés de cores semelhantes — o viu se arrastando aos seus pés e perguntou-lhe se queria comer algumas bananas. Que tantas bananas levam os velhos nos bolsos? Decerto, medo das cãibras.

No desvencilhar de tantas pernas compridas, no aconchego de seu canto escuro em um reduto lá da praça, e já contavam as vinte e uma, vinte e duas horas. Foi um segundo para fechar os olhos e fingir se esquecer da fome, abrir os olhos e olhar em volta como um estalo e os velhos não somavam mais nenhum dedo de sua mão. Enquanto os vagabundos preenchem os bancos com seus molambos para se abrigar do frio, os velhos correm para casa para lavar dentaduras e assistir novelas.

As nuances mais opacas

"
São como anjos do inferno. Não te deixam escapar: envolvem tuas entranhas, seduzem tua alma com os ardis mais vulgares e quase sempre é um prazer não resistir muito tempo a elas.
"

Alexandre Scapini,
Notívagas

Eu tenho material suficiente para duas, três semanas. Eu, assim como Pablo, tenho sujeira para um mês. Tenho um espírito encardido para o qual não há esponja alguma que possa limpar. Pablo tem hipocrisia em seus olhos para sorrir com singeleza por mais quatro semanas inteiras, no mínimo. Eu também, tal qual ele. E, assim, tenho desculpas colecionáveis que são fáceis de acreditar, tenho talento para embelezar momentos, para encher de romantismo os mais modestos reencontros. Tenho horários convenientes para abandonar a casa e uma história boa para contar. Mas não é bom acreditar em mim: assim como Pablo, sou um mentiroso e tudo me forma uma fachada — tudo é tão sujo em mim como é sujo em Pablo. E é ele que observa os namorados refletidos nas paradas de ônibus, casais que não hesitam em se entregar aos beijos enquanto uma plateia por trás do ônibus parado os invade com olhos gigantes e gulosos. Pablo também os engole e se imagina merecedor de momentos como aquele, embora sujo. Eu também, mesmo encardido, anseio tais performances apaixonadas, ósculos repletos de desejo — e então eu poderei estar limpo durante todo o tempo.

Mas eu ainda não estou limpo. Assim como Pablo, eu peno, consciente do ato, e torno a fazê-lo. Prenuncio a gravidade, adivinho a importância do passo mal dado e caminho, torto, para a imundície. E me regozijo na sordidez, a sordidez das pequenas coisas, condiciono-me ao prazer vil e encontro na efemeridade aqueles instantes minúsculos que me garantem a boca arreganhada, o suor grosso e o gozo fraco, patético. E sei por antecipação dos engulhos de arrependimento, sei da dificuldade dos passos para o caminho de casa, sei dos olhares que mesmo desconhecidos me culpam, descobrem-me a falsidade, condenam-me, zombeteiros. São todos os cobradores de ônibus, todas as meninas que sentam nos bancos dos velhos, todos os suburbanos de regatas: todos eles me olham com desprezo, me desvendam as falhas de instantes atrás. As velhas com bolsas, as velhas que não conseguem lugar e se espremem contra mim também me amaldiçoam. Leem meus pensamentos e querem gritar para o motorista que eu devo descer. As velhas fazem com que eu me vire para a janela e me atormente com o meu reflexo no vidro, porque eu não consigo — bem como Pablo, eu não consigo ver os transeuntes caminhando lá fora.

Pablo toma-me pelo braço e me diz que há ducha forte para nos retirar o ranço. Diz que antes de estarmos limpos devemos nos sujar à grande para valer a pena o tempo que levaremos para nos lavar. Para que a proporção seja tamanha e significativa, para que o riso seja mais branco e os olhos mais brilhantes, para que o odor se dissipe por completo e para que a carniça se afaste de nossas entranhas, é preciso antes uma imersão mais completa na lama. Pablo me diz que isso é preciso — para uma alma mais limpa, é o que me diz Pablo. Eu me enegreço, assim como Pablo, e depois digo que meu espírito é ralo, que as tentações são grandes e que minha resistência é nula. Que sou admirável por não saber resistir. Pablo me faz pensar assim.

É porque eu sei, assim como Pablo, que logo estarei pronto. Logo, o antro me será asqueroso, a zona me será insuficiente e assustadores me serão os caminhos onde eu não veja com clareza. E então eu sei que haverá um instante no qual, se eu resistir por um momento, resistirei para todo o sempre. E esse será o tempo em que tudo se tornará mais claro. É porque eu sei disso, assim como Pablo.

Se durante todo esse tempo, daqui para diante, eu sentir-me não apodrecido, não envolto em pesada e já ressequida lama, se eu conseguir olhá-la com olhos que não sejam mentirosos, se não mais disser frases com a face voltada em outra direção; se eu não me sentir compelido a confissões, a rasgares de almas para crenças nas quais não creio, se eu não sentir uma culpa infinita e um peso desesperado em cima dos meus ombros — é porque a sujeira terá começado a dissipar-se. E Pablo, assim como eu, começará a sentir-se outro, após longo tempo, depois de passadas as quedas e os retornos para os erros, eu poderei começar a sentir-me limpo.

E eu verei cair a sujeira de uma vida inteira. E Pablo poderá olhar nos olhos uma noiva virgem que o espera em casa — ainda que haja putas que queiram lhe servir por quinze dinheiros nas noites de domingo.

Senhas

> Eu me escondia no conformismo. Fazia-me sofredor, ensaiava choros e, nem bem falseava a chance, corria para me embebedar em um boteco qualquer. Ela fingia não saber.

Cícero de Cesero,
Eu não disse a ela

O pior eram as fotos pelas paredes da casa. Depois de recolhidos os presentes, em diferentes gavetas, os bibelôs a enfeitar cada canto de cada estante e mesa e mesmo depois de dar sumiço a cartas, cartões, perfuminhos e cadernos rabiscados. Depois disso, o pior era parar em frente a cada parede e tirar o retrato do prego. Desdobrando as pequenas hastes metálicas que sustentavam o fundo de papelão que segurava a foto, vinha, então, a foto. Na palma.

Pela casa inteira, os retratos pendurados pelas paredes. Mania de fotografia. Até no banheiro. No escritório, um painel metálico segurava em ímãs uma porção deles. A via--crúcis, vagarosa, de sala em sala, de quarto em quarto, retirando meticulosa e não raivosamente cada um dos retratos pendurados nas paredes, postados em mesas de cabeceira e aparadores. Ele sabia que era a parte mais dolorida.

Na conversa, o único problema era encontrar as palavras mais adequadas. As que doessem menos e significassem mais, em menor quantidade. O que tinha para ser dito

O choro, inevitável. Abraço depois, coisa de cinema. O vazio e a sensação de que faltava, para encerrar magistral. Algo.

Não mais. Pela burocracia, a mudança de senhas. O nome dela para acessar o computador de casa, seu aniversário em duas ou três contas de banco. O aniversário de namoro em pelo menos uma senha de e-mail. A lembrança se arrasta solene enquanto afasta-se da casa. Mais uma semana, ao menos, para se desvincular. Burocraticamente.

Ela vai se livrar dos ursinhos. Queimar as cartas, os poemas? E os retratos, na estante dos pais? Não. Uma caixa, talvez. De sapato, até. Embaixo da cama, que seja. Para mais tarde, bem mais tarde. Quando com os filhos. Algum filho sempre acha. E vê que a mãe teve outro namorado. Podia ter sido o pai.

Não tinha por que rancor. Fora sincero. Nunca a traíra. Era o fim, e só. Arrastar em demasia seria engano. Aí sim, a mentira. Depois de um tempo, porque tinha que terminar. Só.

Telefones nas agendas, fotos arquivadas no computador. Mais retratos para se livrar. Na parede, ficarão as manchas, o vazio do não retrato. Cansa. Senta, um retrato na mão. Festas com a boca cheia. Depois, ainda as senhas, mudar tudo. Os retratos, onde depois? Queimar? Não tinha por quê. Caixas e mais caixas para guardar. Precisaria mais do que ela. Cachorros e balões em retratos. O grande, da sala, ia ter que deixar atrás do guarda-roupa. Enorme. Pôster. Ia ter que assinar documentos no banco? Trocar pelo quê? Não se lembrava de nada. Suplício que seria.

Malditas senhas. As fotos com chapéus de colonos. Sépia. Gostava de sépia. Era bonito ali. Ia gastar com quadros novos. O nome da mãe? Não, não ia lembrar. Melhor colocar o seu aniversário. Não, não pode. Era como começar tudo de novo. Organizar-se, tirar os retratos, sumir com os presentes, guardar as cartas. Longe. Bem longe, para não lembrar. Trabalho que é romper. Cansaço. Escuro, e os retratos, ainda. Amanhã continua. E mudar as senhas.

Amanhã.
Quem sabe ela liga.

Submersão

> À nossa maneira, os dois sabemos que houve um erro, um engano evitável, mas que nenhum de nós foi capaz de evitar. Estamos certos de não nos havermos julgado nunca, simplesmente aceitamos que as coisas eram assim e que não se podia fazer mais do que fizemos.

Julio Cortázar,
As caras da medalha

O que surgia a Pablo era aquele mais que provável gosto que passa a se dar às coisas pequenas, mas nem tanto assim, e que se completa por descobrir em si próprio o prazer das voltas e caminhos doravante proibidos. Acabava, dessa forma, por se aprazer dos prédios que com certeza vinham com uma ida história que ia além do atributo que lhes quereriam implicar, tão somente. E, embora ali no Centro, tão perto da Júlio de Castilhos — quase perto, quando bastam tão poucos passos para se chegar onde se quer em uma cidade não grande em demasia e, a bem da verdade, com boa vontade se chega de qualquer maneira a qualquer lugar —, tudo se cobrisse de forma tão inapelável de aspectos sórdidos, se assim quisesse, poderia resguardar-se em uma pequena ilha de aromas e imagens e pessoas que são sempre bonitas nesses lugares, parecem contratadas, e tudo pareceria composto de modo tão perfeito para agradar àqueles que pensam poder fugir da realidade no falso paraíso que são lugares como esses. Poderia entrar em um shopping center e respirar ares mais doces, muito mais doces do que os que encontrava ali no Centro, sempre território de sujos, de suarentos, de senhoras gordas com sacolas pesadas pelas mãos, de feirantes, de apressados e ambulantes e de todos que, no fim do dia, têm que se deslocar dentro dos ônibus esfregando-se e comungando de seus odores. Mas ali não teria opções. Ser-lhe-ia imposta a fortaleza de beleza construída, e tudo seria tão bem arranjado, tão longe do desmantelo daqueles prédios, da má construção daquelas ruas, tudo tão longe da realidade que lhe parecia tão pulsante por aquela avenida.

E a Pablo já não ocorria mais há quanto tempo vinha se dando a isso, ao gosto por caminhar sozinho entre ruas que não trazem o atrativo comumente esperado ao olhar do turista, à apreciação dos passeios de mãos dadas. E conforme Pablo não se encantasse por dedicar nenhum instante desses passeios a tentar mapear motivações, a procurar aflições que lhe explicassem os passeios noturnos, tão distantes, é verdade, do que mamãe e Liane por certo tomariam como hábitos aceitáveis de um rapaz como ele, volta e meia lhe ocorria, no entanto, e ainda mais nesses passeios, a lembrança de Aline, de como se comportaria ante o conhecimento de seus passeios noturnos, e com certeza relacionaria isso ao fato de Pablo, como em outros tempos, não mais chamá-la meu doce, não mais criar apelidinhos com a facilidade, diversidade e frequência que somente aos mais enamorados é permitida. E a Pablo não caberia retrucar, ainda mais porque Aline não gosta quando se põe a tentar defender-se em arranjos que não têm razão. E, como ele próprio não encontrasse motivação para suas caminhadas à noite pelo Centro, em verdade não encontraria argumentos para tentar demovê-la de suas admoestações que seriam impregnadas de moralidade, é certo, como era tão certo que se chamasse Aline.

Depois do trabalho, era quase todo dia na Lima e Silva que os amigos esperavam por ele, onde por momentos tinham somente aquele mundo masculino, como titereiros fossem de toda uma realidade que olhavam de cima, superiores. A isso, a seus hábitos tipicamente masculinos, àqueles momentos de comunhão junto aos amigos, Aline não chegava a se impor. Concedia-lhe tais instantes, crendo serem necessários para, senão uma afirmação da masculinidade que Pablo não poderia abandonar, um apaziguamento, uma fuga inconsciente dos dias em que Pablo se via tão cercado por Aline, o tempo todo Aline e Aline sempre tão presente que a Pablo agradava sobremaneira tais instantes com os amigos que nunca mudam, e Alencar sempre tão galhofeiro junto com López e todos os outros a contar suas rafuagens constantes à mesa, se Aline soubesse na verdade do que falavam. E eram imutáveis as cervejas mesmo quando já quentes e os bolinhos de bacalhau não eram como mamãe fazia. Depois, o caminho de volta. As luzes refletindo nas poças d'água e era como estrangeiro que descobrisse sua própria terra naquelas ruas à noite. A Travessa dos Venezianos como território à parte, incrustada com suas pedras escorregadias, suas pedras tão redondas e lisas como quando da vez em Paraty. A iluminação antiquada, ainda, naquele instante como que parado no tempo. Um instantâneo e a Pablo pareceria fácil perder o caminho de volta, sempre é fácil se perder quando se quer, ainda mais tão compenetrado como se em uma fotografia.

    Se Alencar e principalmente López vez por outra viessem com galhofas, certos a querer deixá-lo sem graça, a Pablo não parecia assunto de especial atenção os comentários que volta e meia surgiam a respeito da semelhança de Aline com Liane. Nem a facilidade natural com que mamãe e Liane se apegaram a Aline, tão distante de suas usuais birras infantis com todas as outras namoradas que Pablo levara à casa, e uma afeição tão maternal com que mamãe se pegava que por vezes Pablo chamava-a a sós para recomendar-lhe que se contivesse ao menos na frente de Liane. Se a mana tinha um carinho todo especial por Aline também, como se irmã sua fosse e, ao menos aos olhos de Pablo, não parecesse dar atenção aos comentários que se faziam sobre suas feições de traços finos tão semelhantes (lembrava-se de tia Sani, e sua bocarra que parecia nunca fechar, nem um pouco contida em seus comentários inconvenientes e honestos, "Meu Deus, Pablo! Você escolheu a dedo, não é possível! É Liane com menos sardas!"), é certo que Pablo não se colocava tão insensível a não ver que tais dengos de mamãe junto à sua noiva Aline, em algum momento — somando-se aos comentários disparatados das tias enxeridas —, acabariam por aborrecer Liane. Aborrecimento que por certo tornariam um tanto quanto constrangedores aqueles domingos já naturalmente modorrentos. Depois, não seriam mais as risadas, o chimarrão e que estranho ficaria se sua mana se colocasse contra Aline, acabrunhada em sentir-se protelada como irmã e como filha. Que se detivessem apenas em Aline os ciúmes já descabidos que de vez em quando a possuíam quando Pablo se punha muito próximo de sua mana em frente a ela. Não sabiam se comportar de outra maneira que não fosse tão repleta de acarinhamentos, tão próximos eram desde que o pai se fora, e doía-lhe um tanto ter que se manifestar com maior contenção de carinhos quando na presença de Aline. Desde criança, as brincadeiras em dupla. Liane insistindo com seus sonhos de casinha e Pablo sempre muito paciente com a irmã. Era Liane para cima e para baixo quando nos bailes. E sempre dançando com o irmão, não queria saber de outro — mamãe gostava, achava que nenhum dos rapazes prestava, que dançasse com o irmão. Até começarem as saídas de Pablo, a mana com crises de choro quando ele demorava em voltar, as criancices quando levava alguma guria à casa deles. E Pablo sempre tentando compensar sendo mais carinhoso com a mana. Sentia-se por vezes mais como pai do que irmão. A mana sentia falta do pai, tinha certeza, e se apegava a ele de uma maneira que por vezes reconhecia exagerada. Mas como freá-la? Como dizer-lhe não, hoje vou sair com Marcela, Joana, Marina, tantas foram, e não, não vou ficar em casa vendo filme com você? A festa dos quinze anos para a família. E Pablo a conduzi-la na valsa, a colocar-lhe o anel. Agora, tendo que se conter em sua frente e Liane dando-se conta disso, um tanto distante em sua poltrona, vez por outra negando o chimarrão quando se falava do tempo e algum comentário sobre as novelas que Pablo nunca conseguia alcançar, mas que escutava de Aline e mamãe como se fosse o acontecimento mais importante deste mundo e como se o domingo não servisse para outra coisa além de reunir os quatro depois do almoço e da sobremesa enquanto a noite não chegava.

Sempre e sempre e desde então, era um sentimento que se tingia das nuances mais opacas. O viço era outrora. Agora, no entanto, era o caminho do trabalho para casa quando não se punha a caminhar pelas ruas à noite ou nas vezes em que não tinha o bar e nem Alencar e López a tomar junto com ele o caminho para os inferninhos no Centro. Não que gostassem em particular das gurias da zona do Centro — e também não tinham sentimento contrário. Era certa a conversa sempre cercada da mesma impaciência, o fingido interesse por seus assuntos nos copos de cerveja. Movia-os, na verdade, uma necessidade de desacomodação do confortável mundo que lhes sustentava e que os mantinha em apegadas relações que, se não eram feitas somente de convenção, ao menos lhes imprimiam tamanha identidade que os faziam *sentirem-se* somente. E existiam os momentos em que queriam se sentir outros. Escapar do mundo pequeno, deveras arranjado, e então surgia uma vontade perene de submersão. E tomavam o caminho do Centro, invariavelmente da zona mais barata, dos redutos da Pinto Bandeira e Coronel Vicente, porque se não fosse imersão absoluta no que houvesse de mais sórdido, não lhes parecia o suficiente. E não iriam querer gastar os tubos com as casas mais caras da cidade e envolver-se com mulheres lindas, quiçá modelos, que lhes arrastariam em tamanha ilusão capaz de lhes tontear os sentimentos de realidade, de minimizá-los daquela consciência que as casas do Centro lhes traziam, de sua superioridade que lhes permitia gastar apenas trinta, quarenta dinheiros, não acima disso, então do que mais se precisa que tal dinheiro não pague?

De noite, vagavam e conheciam Porto Alegre, e todas as pequenas travessas se mostravam não intrincadas e tão claras frente aos seus passos. Às vezes, levavam algum tempo para chegar onde sabiam que iriam, afinal. Como autoenganação, transitavam pelos lados do Bom Fim, não se identificavam com os punks fora de época e, afinal, não lhes parecia tão ilógico que seus passos fossem acabar por vez nas voltas da Alberto Bins e tudo o que lhes interessasse estivesse por ali. Também aquilo era tal qual tantas outras noites de verão. E López, principalmente, embora Alencar sempre o acompanhasse nessas gozações, como se não fossem provenientes do mesmo reduto, como se na volta não caminhassem certos para se abrigar sob o conforto do mesmo bairro tão distante dali, vinha com suas insinuações, que, se não chegavam a abalar Pablo, também não lhe agradavam. "Depois de sair daqui, tu podia ir pra casa da tua noiva, não, Pablo? E amanhã pela manhã, tomar um mate na casa de Li..., desculpa, Aline, antes de ir pro trabalho. E fazia agora o amor pago e depois o gratuito, o verdadeiro amor!". E Pablo punha-se quieto porque sabia que não valeria a pena perder tempo, e era certo que López estava bêbado demais e, nessas horas, acabava por colocar para fora suas mágoas frequentes por ter sido dispensado por Liane, e era somente continuar a andar que talvez López cessasse por si só. Por vezes, nem mesmo Alencar dava continuidade às brincadeiras de López quando se insinuavam de uma maldade em demasia. E ficava quieto também, acompanhando os passos de Pablo, e sabiam que López só iria parar mais tarde, depois de saciado nas gurias, e, bem, López não era de todo mau. "Tudo isso é bom, Pablo, é perfeito. Um lugar onde te tratam bem, uma noiva que te sirva o chimarrão e onde se falem amenidades! Contanto que, de vez em quando, possa substituí-la por outras, não é mesmo?".

(De vez em quando, eram as galerias do Centro que o cooptavam. E lhe encantavam os cheiros úmidos, todos os vendedores que se apinhavam ali pela Rosário. Poderia encontrar pilhas para relógios, tudo o que pudesse imaginar em equipamentos eletrônicos, consertos de óculos, quase sempre os chineses proprietários das lojas, berrando pechinchas pelos corredores. Os comércios, ilegais na sua maioria, todos apressados em busca de promoção, o conserto da máquina fotográfica que diziam importada, e outros, sábado pela tarde, preguiçosos por ali. Os barrigudos de camisa aberta até quase o umbigo, os palitos no canto da boca. Logo mais adiante, podiam pegar o elevador. Ali, as mais baratas. A galeria se estendia alguns andares acima e poderia ter acesso a verdadeiros descontos. Quanto mais acima, mas contraditoriamente abaixo na sordidez. Talvez Pablo se aventurasse por ali. Talvez. Encantava-lhe a fuga. Era como um outro mundo. Um mundo tão diferente. Longe de Aline habitar por ali.)

É certo que, por vezes, sentia-se um tanto enfaixado, enraizado naquela relação que se estendia já por seis anos e meio, mas que, a bem da verdade, não lhe interessava pôr fim. Se com Aline era por vezes a paz fraudulenta, o concedido acomodamento que as diversões e cafés em casa com mamãe e Liane davam combustível, também era uma certeza a que sua covardia não ousava se impor, e lhe interessava também todo o futuro que mesmo denominado de convenção se traçava à sua frente e, dependendo unicamente de Aline, surgiria com uma rapidez surpreendente e tornaria sua rotina ainda mais repleta de mesmices e passeios pela Redenção, quem sabe segurando alguns pequenos pela mão e é fato que haveria as pausas para os algodões-doces e Aline adoraria cerzir suas meias e planejar o enxoval e receber todos os presentes que as amigas da mãe lhes ofertariam e aguardá-lo depois do trabalho não lhe tiraria a pachorra e teriam toda a segurança que os churrascos de fim de semana podem assegurar. E então, na certeza do enlace, os ciúmes se esfriariam, e Aline não se poria tão hostil aos seus abraços com a mana, certo é que a mana teria que se arranjar, era moça, tão bonita — em verdade, como era tão bonita Aline e disso não poderia reclamar — e, se havia tantos pretendentes, por que a mana não se animava nunca, e dispensara López, o que agradava a Pablo, é verdade, mas que amigo gostaria de ter o companheiro namorando a irmã se sabe todos os seus passos, se caminhou pelos infernos com ele?

Mas às vezes não é assim, certo que se pode entrar por um sistema assimétrico muito mais sutil que se lhe vá desencaminhar e mostrar alternativas que nem imaginara. Se com Aline as coisas não se deram com a facilidade que se espera sempre, e sempre se espera, mesmo que se saiba ser mais difícil com as moças de família, também não era verdade que ela não gostava de dar-se para ele. Dava-se com uma frequência menor do que a que gostaria, mas havia todo o noivado e de repente as ambrosias parecem impor uma respeitabilidade além dos abraços e arretos do portão em frente de casa. E a necessidade de sempre contrariar-se, as coisas não são bem assim, se demora em conseguir os primeiros agrados e a novela estende-se como indefinida, são tantas as conversas, as futilidades, e os cinemas com os beijos, beijar-se cada vez mais, a permissão pouco a pouco para que sua mão desça além do pescoço, o seio pulsando, pedindo-lhe a mão, roçando-lhe os bicos, repetindo-lhe a pergunta que ela se enreda em responder e depois era um hotel qualquer, um suplício para garantir a naturalidade, não lhe permitir envolver-se no medo, que tudo estivesse sob controle, tudo estava sob o controle dele, e Pablo conduzindo-a, e os lençóis desses hotéis sempre cheiram a mofo, mas não poderia ser algo muito caro, também, o que tivessem que fazer, era óbvio que estaria arredia, primeira vez é sempre assim, não perguntaria para Pablo se era sua primeira, não esperava que fosse também, somente que o fizesse direito, não a ferisse, ainda que a pegasse com uma certa força para beijá-la e sentisse que a estava machucando um pouco, não entendia a necessidade de Pablo de enfiar-lhe a língua, a camisola tão nova e já longe do seu corpo, o contato somente com o lençol e Pablo tão impaciente também, querendo que fizesse coisas, não faria, não assim, na primeira vez, se o irritasse também, as coisas não seriam tão bonitas quanto esperava que fosse na sua primeira vez, não havia nem o breu, aquele hotel no Centro àquela hora do dia e tudo tão claro, não há cortina que ponha fim a tanta claridade, preferia não ver Pablo pegando-a desse jeito, querendo arrumar-lhe as coxas de um jeito que não entendia, não sabia como fazer, e não havia como ficar à vontade, como lhe pedia, sussurrando-lhe coisas no ouvido como se pudesse excitá-la, queria que tudo se acabasse de uma vez, e teria Pablo novamente, os cinemas, e somente os passeios e sorvetes, e todos veriam que eram noivos e se amavam, mas para Pablo aquilo tinha tanta importância, e se lhe era assim, concordava, queria ser de Pablo, é certo, mas que a primeira vez se mostrasse tão demorada e se sentisse tão constrangida, e Pablo parecia tão fatigado, insistindo e insistindo e por fim, ah, quem lhe disse que doía tanto assim, Pablo feliz conseguira rompê-la, investindo mais e mais em cima de Aline, se não tivesse tão quente e não suassem tanto e Pablo não chegava nunca ao fim e tudo o que poderia fazer era esperar, aguardar somente, não se iludir que seria a coisa mais linda do mundo porque não seria, já não estava sendo, não poderia sê-lo. Que tudo fosse como foi.

 Liane disse para mamãe que Pablo não dormira a noite passada em casa. Como era quem ia deitar-se mais tarde, envolvida com os filmes na televisão até altas horas, esperara inutilmente por ele. Mamãe dormia a sono alto desde as oito da noite e deixara por encargo de Liane que se desse conta da chegada de Pablo e lhe preparasse algo se estivesse com fome. Pablo insistia que não ficassem esperando por ele, mas também era adulto, não tinha mais que dar satisfação das vezes que dormia em casa ou não. Certo é que não gostava de deixá-las preocupadas, sempre dava um jeito de ligar para lhes avisar quando ficava pelo sofá da sala de Aline e elas se davam por satisfeitas por tê-las informado. Como em noite passada, não estando em casa de Aline, era mais provável que não soubesse o que lhes dizer, nem se atinara a avisá-las do seu paradeiro.

"E o que Aline faria se soubesse que não dormiu em casa, Pablo? Lá não estava, não é? Ou estava? Quem sabe Aline pode responder?". Eram comuns as brincadeiras de mau gosto de Liane. Volta e meia, confrontava seus erros para amedrontá-lo com Aline. Como se tão amigas fossem que estivesse cuidando dele para ela. Sabia que Pablo não se importava, que ela não chegaria a contar para Aline de seus passos mal dados. Na verdade, parecia encantar-lhe os passos tortos do irmão. Intrigava Pablo que Liane se mostrasse tão animada com a consciência de que Pablo não dormira em casa e não estivera noite passada em casa de Aline também. Uma vez, perguntara-lhe se Pablo tinha outra, se traía Aline. Pablo não lhe deu conversa. Poucas vezes o fazia, quando sua irmã tinha dessas criancices. "O que há, Pablo? Ficou mudo? Conta aqui pra tua maninha". A mãe distraída, comendo o pão e vendo o programa na televisão. Liane, baixando o tom, disse com aquela voz que não era a dela: "Tu tá botando chifre na Aline, tá?". Pablo mirou-a somente por alguns instantes. Liane sabia quando o irmão estava começando a chatear-se. Como poderia se chatear com essa guria tão linda? Sua irmã, ela. Liane desistiu das implicâncias ainda com um sorriso nos lábios e compenetrou-se em passar a geleia na torrada.

(Mamãe não estava por perto sempre quando ficavam brincando. O pai se foi e os dois ainda nem entendiam bem. E Pablo era tão criança também, o que se sabe do que as crianças fazem? Liane com brinquedos de médico, Pablo era doutor, tinha que lhe tomar as dores do corpo, tocar onde sentia os sintomas. E ver o que havia de diferente, porque os dois eram diferentes ali, e se Liane intumescia os seios Pablo só lhe tocava porque era doutor. É bom que no final paravam as dores. E acabavam as brincadeiras.)

Sua testa engordurada como em cada final de dia quente depois do trabalho. Nem os reflexos dos cafés da República para empregar-lhe melhor aspecto. A vida sonâmbula dos estudantes que vagam por ali não chega a ser de interesse seu. A hora grave em que o bairro inteiro começa a mudar, a preparar-se para a noite. Logo, as moças estarão saindo dos escritórios ao redor, enfiadas em saias de microfibra, as pernas metidas em meias-calças, hesitando entre o tradicional caminho de casa e os insistentes pedidos para alongar a tarde em algum bar ali por perto. Pablo ouvirá todas as argumentações, compenetrado e acostumado que é em escutar assuntos que não lhe dizem respeito. Achará todas as moreninhas muito parecidas com Aline e, lógico, com Liane, tão parecidas que são todas essas moreninhas em seus tailleurs pretos quando descem do escritório e fazem pose de executiva. E talvez se Liane e Aline trabalhassem não lhe encheriam tanto a paciência. Os lábios ressecados emprestavam-lhe aspecto doentio, a voz seria um fino se por acaso a atendente viesse lhe apresentar o cardápio. Os acenos de cabeça ainda como melhor opção do que as palavras. Sabia que nem López nem Alencar apareceriam por aí. Deviam estar na rua perpendicular, com os outros no mesmo bar. Era melhor assim. Porque depois, se Pablo resolvesse tomar o caminho do Centro, poderia não se sentir culpado, tão culpado se sentia de fazer coisa acertada, em bando, tudo tão predestinado em devassidão que unia ele à mesma laia de Alencar e López. E chegaria cedo em casa, não precisaria dar desculpas a Liane, e Liane ficaria satisfeita, bem como Aline também ficaria se soubesse como chegou cedo em casa. Se fizesse sozinho suas coisas, não precisaria dividir desculpas ou frases titubeantes com os outros pelo caminho e rumaria só para o que tivesse que fazer e faria. E ir-se-ia pela Pinto Bandeira, desceria aquela rua afogueado como sempre, porque parece sempre que sabem o que fazem os que andam por ali, e o porteiro muito contido dentro de seu terno grande demais o deixaria entrar com um meneio de cabeça muito cúmplice e ele sentar-se-ia sozinho à mesa, olhando os shows da noite, procurando, e todas as dançarinas com seus números sem grandes atrações iriam se retorcer nos queijos e enrolar-se-iam nas barras de ferro, como excitar-se com tantas acrobacias? Muito semelhantes todas, as loiras não estão em alta nem ali naquela região próxima dos imigrantes, e veria apenas morenas, essas moreninhas de sorriso matreiro, a cara tão mais safada até que as loiras, sempre pintando as loiras como objeto de desejo dos homens, mas sempre preferira as morenas, moreninhas como Aline, ah, Aline tão bonita, sua moreninha, pena que não faz como quer sempre, por que Aline não faz o que tem que fazer em vez de se pôr sempre pudica, tão cheia de dengos e não queros? E uma moreninha se chegaria a ele, lhe pediria que pagasse alguma bebida, coisa qualquer para gastar mais dentro da casa que elas sempre dão um jeito de fazer o cliente gastar mais do que deve, e lhe pareceria tão linda, tão cheia de vida, com vontade de tê-lo tão mais intensamente do que Aline, quando Aline concordava que já era tempo de eles fazerem amor outra vez.

(E depois eles ficariam ali, tomando o café, falando futilidades, ela ainda mais, um manancial de ídolos de programas de domingos, e ele a tomaria pela mão, ela se recolheria toda, ainda podia ser pudica, sentia-se e não queria se sentir namoradinha, coisa louca, os dois ali, plena hora de trabalho, mas azar, ele pagava o dobro e era bom estar ali, quem visse de longe nem saberia que era. Não se sen-

tia como se estivesse à noite, ele pedia põe uma coisa discreta, calça de moletom, tênis, ela colocava um jeans apertado, que gostosa era sempre e ele ao final a levava pela mão e iam tomar sorvete em um bairro chique como se namorados fossem. Gostava de passear com ela porque era tão parecida com Aline, tão parecida com Liane. Liane lá. Aline. Pobres. Fazia coisas que Aline não faria em século. Aline, tão pudica, Liane...)

E iria com ela porque a acharia tão parecida com Aline, sua vontade era estar em verdade com Aline, fazer com ela o que Aline não faria ainda que quisesse que fosse Aline que o fizesse. Porque elas sempre sabem o que fazer, como conduzi-lo com cuidado, como se quisessem mesmo estar com ele, e tudo o que lhes interessasse fosse ele e não seu dinheiro, como se fosse um prazer estar somente com ele aquela noite e não fosse com todos que rissem e se portassem como namorada, beijando-lhe todo e murmurando coisas no seu ouvido que nem em sonho Aline murmuraria. (Não queria pensar em Liane, o que faria se soubesse onde passava as noites, tão puro o irmão para ela, se soubesse que andava metido com as gurias do Centro. Iria lhe falar coisas, é certo, iria lhe gritar impropérios com aquela voz que não seria a dela, poderia ser de Aline, porque em certo gritaria as mesmas coisas, diria as mesmas coisas que ele deveria ouvir, verdade é que as duas se uniriam nessa hora, as duas tão contrárias às suas atitudes, e Pablo se poria tão quieto como deveria ser porque não teria o que discutir com Aline, não teria o que dizer a Liane). Com a moreninha seria como não era com Aline, seria o amor tão mais sexo do que não era com Aline, seria abraçá-la com força, beijá-la com a pressão que queria e submetê-la como bem desejasse, murmurar-lhe obscenidades, obrigá-la a ficar na posição, atirar-se por cima dela, apertar-lhe entre os braços e beijá-la forçando-a a olhar para trás, puxando-a pelo cabelo, mordê-la na nuca e investir pesado, sem medir se lhe doía, se assim era violento demais para ela, porque a moreninha pediria mais, ela saberia como fazê-lo e quereria mais e mais, como saberia que Pablo precisava de mais, tão mais do que sempre lhe ofereceram, ainda que a apertasse um tanto no pescoço e ela falasse que assim não era bom, tão mais do que se lhe prometiam os dias, por mais bonitos que fossem, de sol, de passeios, de passeios tão intermináveis, mas que eram somente aquilo, e não o que ele precisava, o que de Aline não tinha e o que Liane queria evitar que tivesse com qualquer outra, ainda que não fosse também com ela. E seria tão fácil não ter os silêncios depois, culpa, não sentir culpa por ter doído um pouco, por ter feito o que as moças de família não fazem, o que não faria também com Liane, tão certo, sua irmã, Liane, e poderia ficar rindo, de certo, e fumando algum cigarro porque nessa hora sempre fumam o cigarro e soprando para o teto porque não teria pressa, teria ainda bastante tempo para ficar por ali, ou até o momento que se passasse o tempo a que teria por direito por ter pagado, ou começassem a bater na porta, talvez, achava que eles bateriam na porta, antes de forçá-la, sempre há um grande o suficiente para forçar com o ombro quando não há resposta em um quarto trancado e arrombá-la, por fim, e sacudir a moreninha, tão linda a moreninha, já longe, longe, por que ficava ali rindo?, e iriam bater-lhe muito, talvez, espancá-lo até que desmaiasse, bater-lhe tanto que não sentiria nada além do sangue e os lisos na gengiva e conduzi-lo para um outro mundo, esse mundo tão distante onde não seria preciso pensar em Aline nem em Liane.

Florencio

(Porque existe *Duzentos e dezessete*, de Tony Monti)

> "Um artista, um gênio fenomenal! Praticamente uma pedra fundadora do que chamamos cânone. O princípio, o meio e o fim de sua própria arte. Seria bom que disséssemos: 'E, no princípio, era Ele!'. Com maiúscula!"

Milena de Almeida,
Deus

Até onde recordo, a perspectiva sobre o lançamento do último do Florencio foi, como sempre, cercada de toda a expectativa tão típica que sempre cercou um lançamento do Florencio — resultado dos incessantes apelos que a mídia, amante do que fosse que Florencio estivesse despejando no mercado — se apressava em veicular de todas as maneiras. O próprio Florencio não se esforçava em mostrar-se tímido, modesto ou o que quer que fosse que pudesse emprestar uma aura de intelectualidade reservada a mais um dos seus lançamentos. Ele fazia o tipo partícipe, sempre disposto a uma fotografia junto a um de seus contemporâneos, a um drinque de última hora em uma coletiva organizada às pressas no saguão de algum grande hotel da cidade. Florencio era assim, e respeitávamos aquele jeito dele. Na verdade, somente alguns de nós aprenderam a acostumar-se verdadeiramente com esse seu novo método mais propício às necessidades do mercado. Se nem todos sabíamos nos adaptar ao mercado — e, se você conhecesse Florencio na época em que nós o conhecemos, é provável que estranhasse sua súbita mudança de comportamento, tanto do ponto de vista artístico quanto logo depois, quando, com mais uma de suas obras já concluída, ele se mostrava o mais disposto do mundo para lançá-la com todo o estardalhaço possível. Era previsível, no entanto, que, conforme a ascensão de Florencio se mostrasse mais e mais contundente a todos nós que acompanhávamos desde o princípio a enorme cena que se formava ao seu redor, começasse a ficar cada vez mais claro quem eram os reais seguidores de suas propostas, quem compactuava com as suas ideias ou quais eram aqueles que até o momento somente haviam se aproveitado de sua sombra promocional para tentar crescer sem, contudo, deter metade das qualidades que Florencio sempre demonstrou ter em cada uma de suas realizações.

Eu, que acompanhei desde os seus passos iniciais, com a distância crítica de um colega de atividade — mesmo com todo o afeto, que, como amigo de Florencio, não deixaria de ter —, poderia ser uma das testemunhas mais detalhistas sobre o seu método de criação. Chegar naquele momento, às vésperas de mais um lançamento que estava para fazer, com toda a pompa a que Florencio ultimamente tinha direito, de acordo com os mimos possibilitados por seus patrocinadores e parceiros em seus projetos, trazia-me à tona o ritmo enlouquecedor que tomava conta de seus dias quando sua obra estava prestes a se tornar táctil, apresentável a todos aqueles sedentos por apreciá-la, com gana mais e mais voraz. Porque a obra de Florencio, a bem da verdade, possuía essas duas capacidades tão intrínsecas quanto díspares: ao mesmo tempo em que provocava engulhos em uma parcela dos que o acompanhavam (e, convenhamos, sempre houve um prazer mórbido naqueles que chegam a acompanhar com tanta obsessão os que são fruto de seu ódio, pelo simples prazer de poder odiá-lo mais e mais, conforme outra de suas obras é lançada), naqueles que o rechaçavam de toda forma, inclusive através de organizações que se uniam para tentar apontar defeitos em cada elemento pertencente às suas criações, havia aqueles, lógico, fiéis seguidores de todas as etapas que envolviam a sua arte. Florencio, sempre solícito, atendia de braços abertos a estes últimos, não se portava como um ídolo longínquo; seguidas vezes, podíamos encontrar Florencio participando de animadas mesas nos mais baratos botequins, somente porque algum de seus admiradores o encontrara de passagem e Florencio não resistira ao pedido para que se sentasse e dividisse com eles algum acepipe ou uma rodada de cerveja. Era esse o tipo tão peculiar de Florencio: considerado um gênio por tantos, aclamado por críticos que, até seu surgimento, mostravam-se ávidos por um realizador que conseguisse ter seu porte e ser tão simples e modesto em suas ações, tão próximo de seu público. É notável que até esse seu aspecto poderia servir de mote para aqueles que gostavam de acusar Florencio de demagogo, falso amigo do proletariado, amante mentiroso dos pobres. Volta e meia, teciam considerações nem um pouco amistosas sobre o caráter excludente de suas obras, a falta de representatividade dos marginais em suas realizações ou o quanto Florencio era, na verdade, um sádico, um aproveitador da ilusão daqueles que gostavam de sentir-se, nem que fosse por um momento apenas, o mais próximo possível de uma estrela da elite. Chegaram a chamá-lo, certa feita, de vampiro! Que sua fonte criadora sugava, de maneira impiedosa, da retumbante alegria que, mesmo com tantos dissabores, sempre continuava presente no coração dos menos favorecidos.

 Tantas acusações! E eu, mesmo ciente de toda a verdade a respeito dele, tinha que me manter quieto, cumpridor de meu princípio de discrição. Se o acusavam em minha frente, e muitas vezes isso me doía, forçava-me a uma mudez pontiaguda. Eu tinha, conforme o próprio Florencio havia me incumbido, de guardar silêncio sobre a sua vida. Espantava-me esse teto de vidro tão resistente com que Florencio se mantinha durante toda a sua carreira.

Recebia tantas pedradas de um lado, tantas acusações vãs, tanto ódio gratuito, tanto crítico querendo se autopromover a inventar as mais sórdidas teorias a respeito de um passado não sabido seu. Ao mesmo tempo, penso que o que continuava a manter Florencio no topo de sua categoria de realização era o carinho que recebia, não obstante, daqueles que sempre foram seus fiéis apreciadores, seus verdadeiros e não vis admiradores, aqueles capazes de encontrar em suas obras toda a significância que Florencio fazia tanta questão e que o faziam tão feliz quando o encontravam.

Como definir um verdadeiro gênio? Como separar do meio de uma horda de fraudes intelectualoides aquele que não pretende engambelar o público com meia dúzia de ideias prontas, com meandros enganosos, com meias-voltas confusas e soluções forçadas? Pessoas assim eu encontrava aos borbotões nos meios de que, junto com Florencio, acostumei-me a participar. Criadores que se divertiam ao empregar soluções tão complexas que a própria crítica não se atrevia a contestá-los com medo de ser tachada de ignorante, não percebedora. Mas quando optavam por analisá-los através de uma abordagem que soasse o mínimo depreciativa que fosse, essas fraudes travestidas encarregavam-se de dizer, através de suas assessorias de imprensa, que o crítico era um néscio, um desconhecedor do princípio básico de composição de sua arte, que não servia nem mesmo para servir cafezinho, que dirá tecer críticas argumentativas sobre sua obra! E os críticos, pobres, acabavam caindo no ostracismo, assustados com sua própria falta de visão, deportados a comentários em colunas sociais e outras trivialidades.

É fácil concluir que esse era outro dos motivos por que festejavam tanto Florencio. Custa-me muito lembrar quando Florencio conseguiu ser violento com um crítico que fosse. Sempre optou pela mediação, por aceitar — não com passividade, comiseração ou demagogia, mas como opção mesmo — as outras possibilidades analíticas sobre a sua obra. Afinal, compreendia as nuances diversas de percepção que podem envolver um olhar sobre o que realizava com tanto prazer e dedicação. E, uma vez as críticas não sendo gratuitas, rançosas, ainda que distantes de uma verdade com a qual concordasse, Florencio se recolhia em um mutismo simpático e continuava a sorrir e a manter-se agradável com todos.

Dessa maneira, como não nos encher de expectativas às vésperas do lançamento do último do Florencio? Da mesma maneira que o podia aguardar uma cadeira voando em sua direção, sabíamos aquilo que, com certeza, não iria faltar: a presença da mídia, amante do que fosse que Florencio estivesse despejando no mercado, e uma multidão que parece não ter mais fim de ansiosos fãs, verdadeiramente cheios de vontade de, em abraços, beijos e afagos, resumir toda a felicidade que somente a obra de Florencio é capaz de lhes proporcionar.

Subúrbio

> "Eles cantarolam canções completamente fora do tom, balançam os corpos em um ritmo inapropriado às próprias canções que cantam. Os assistentes sociais? Acham lindo."

Mariel Reis,
Baixada

O ar é tão seco e desolado quanto a paisagem. Descendo a avenida principal, tudo o que se vê são roupas esticadas nos varais embaixo das janelas. Ali adiante, um grupo de negros ensaia arremessos em uma tabela de basquete. São quatro horas da tarde, mas parece que o sol do meio-dia teima em se manter na mesma posição. As árvores, cujas folhas não esboçam qualquer tipo de movimento porque o vento insiste em se fazer ausente por aqui, também não projetam sombra. Velhas que não se importam com isso estendem suas cadeiras de alumínio enferrujado ao longo da calçada. O que se ouve é tão somente o zumbido das antigas máquinas de lavar roupa e dos carros gritando ofertas do supermercado do bairro. As histórias que as velhas contam umas para as outras (considerações repletas de maldade sobre o que andava fazendo a vizinha no fim da tarde passada) têm que ser narradas aos gritos, porque seus filhos estão berrando na parte dos fundos dos quintais, imersos nos tanques de concreto de lavar roupa, brincando com garrafas plásticas de refrigerante de dois litros, competindo por recordes de mais tempo sem respirar e porque volta e meia o mesmo caminhão de gás gira na quadra e retorna com sua cantilena musical, entoando por alto-falantes a música do mascote da empresa, um tal cachorrinho azul em que se pode confiar. Entre uma freada e outra, distantes alaridos, palavrões que escapam das jogadas de basquete malsucedidas e um cheiro azedo dos restos de frutas continuamente esmagados pelos carros desde a última feira no fim de semana.

Se você não mora por aqui, pode se incomodar com as dezenas de cachorros que perambulam por toda a volta. Eles são de todos os tipos possíveis, todas as raças inclassificáveis, todas as combinações improváveis, em todas as cores e tamanhos e aspectos; tomam conta do lugar, caminhando a esmo, em suas matilhas gigantescas com seu passear preguiçoso e inabalável. Uma quantidade absurda de população canina que já faz parte da paisagem do lugar e pode, por vezes, tornar tudo tão desagradável.

No entanto, se você já é morador destas bandas, se conhece o lugar como eu, deve ter se acostumado com a multidão canina a lutar de maneira selvagem, disputando uma carniça ou um pedaço de carne encontrado num desses latões de lixo enormes que tem por toda a volta, em todas as esquinas, onde as famílias de negros colocam seus lixos domésticos, esvaziam sua cota semanal de papel higiênico, cascas de frutas, sapatos velhos e toda sorte de quinquilharias — eles são semelhantes àqueles latões grandes que vemos em filmes passados nos bairros norte-americanos do Bronx e do Harlem, que mostram com exagerada frequência improváveis negros maltrapilhos em torno do fogo entoando canções de blues ou protagonizando performances vocais gospel como se fossem felizes e como se aquilo lhes preenchesse realmente a alma.

Em criança, víamos essa multidão de cachorros caminhando atrás de uma cadela no cio. Como que hipnotizados por aquele odor que emanava de suas entranhas, sinalizando-lhes sua condição de animal pronto para a cópula, formavam uma aglomeração gigantesca a perseguir a pobre fêmea. No entanto, embora fossem quadras e quadras atrás da cachorra, poucos se encorajavam a uma investida sexual. Quando um dos pequenos tentava, era repelido pela fêmea em seu comportamento seletivo. E eram aquelas correrias de cachorros pelas ruas de areia seca como são sempre as ruas daqui. Somente quando se aproximava o maior cão, o mais decidido, aquele que se atrevia a cheirar a vagina da excitada cadelinha antes do bote final, é que a fêmea se deixava penetrar. E era um coito muito rápido, o cachorro desferia algumas estocadas e pretendia seguir o seu rumo, satisfeito. A cachorra não saciada retinha-lhe, no entanto, ansiando por sua parcela de prazer não proporcionado. Depois, aquelas cenas nojentas, os dois cães presos pelas traseiras, a cachorra não querendo soltar o macho enquanto ele não a satisfizesse como uma boa cachorra no cio merecia.

Incrivelmente, em nossa perversidade infantil, nos colocávamos a apedrejá-los, querendo que acabassem com o atrelamento que nos enchia de asco. Não adiantava, não corriam em disparada em sentidos contrários como esperávamos. Protagonizavam as cenas medonhas, como carros rebocados. Os cães só se soltavam quando as mães, cansadas de ver seus filhos presenciarem aquela putaria, os espantavam com uma mangueirada d'água. O casal era posto para correr. A cadela, insatisfeita, seguia o seu rumo. E não, ninguém via a nossa boa ação. Nossa boa vontade em desatrelar os rabos dos cachorros nojentos, poluindo a visão da criançada em suas sacanagens pelas ruas. Tentando impor um pouco de respeito naquele subúrbio. Éramos apenas uns crioulinhos perversos dados a maldades, só servíamos para perturbar a paz das ruas, causávamos confusão, éramos barulhentos demais. E complicávamos tudo, impedindo as pessoas de bem de continuar suas vidas azedas enfiadas dentro de suas casas, com medo de sair às ruas à noite. A rua que sempre foi nossa.

Nós não tínhamos opções como eles, não tínhamos a televisão a cores de maior tamanho, o brinquedo que era lançamento, o lanche no fim da tarde, a professora particular a dirimir as dúvidas que a escola pública plantava. A nós, eternamente, o resto. A coisa arranjada, mal-ajambrada que nos cabia sempre. Nossa liberdade absoluta em compor as coisas a nosso favor, no entanto. Nosso cenário formulado ao nosso bel-prazer. Nosso destino apresentado nas poucas diversões que sobravam, nos facilmente contáveis e pouco atrativos caminhos que nos restavam. Por isso, à noite, eram os postes em frente às escolas, sempre os crioulos metidos em suas jaquetas e bonés de times de basquete, botando banca de tal, despertando os olhares das pretinhas nas escolas noturnas. E então a consequência inevitável, os números nas pesquisas demográficas, as contagens populacionais aumentando a cada ano, chamando a atenção para os filhos que não param de nascer pelos subúrbios.

O que para alguns é burrice, falta de ambição desses "crioulos burros que têm mais é que quebrar a cabeça e se embuchar até explodir", para nós sempre foi o caminho natural das coisas. O curto trecho entre as pretinhas seduzidas, os beijos e agarramentos que já não nos são suficientes em frente ao portão, o sexo sem preocupações, os rebentos inevitáveis e um emprego subalterno — a casa que vai continuar no subúrbio, a família que vai se formar no subúrbio, os cães que continuaremos a enxotar no subúrbio, os dias que nos devorarão no subúrbio.

Selmara

> Jogos são previsíveis. Eu faço para o meu gosto, você para o seu. E no fim, se você se faz de pudica, eu encho bem a sua cara de porrada e você goza como uma puta.

Eduardo Bolaños,
Ou não adianta brincar

Selmara sempre me intrigava com a sua forma quase mecânica de fazer sexo. Se, para mim, o ato requeria um pouco mais do que um pênis ereto e uma vagina lubrificada, para Selmara não era preciso nada além disso. Aliás, o pênis era até mesmo desnecessário, como vim a descobrir um dia em que, chegando em casa, a surpreendi se divertindo sozinha com um vibrador. Ela me olhou com lascívia falsamente dissimulada, como uma daquelas putas de filme pornô. Fechei a porta, eu sim constrangido, e voltei à rua. Quando regressei algumas horas mais tarde, ela ainda estava com aquele roupão que usava quando saía do banho, com uma cara de quem tinha passado o dia inteiro trepando com o zelador. Mas não negou fogo mais à noite, quando fomos nos deitar. Selmara me deixava confuso. Toda a sua independência destoava da maneira quase suplicante com que fora pedir para morar em meu apartamento. Como seu emprego de atendente de videolocadora não rendia o suficiente para arcar com a metade das despesas que deveria, não tardou a me oferecer seus serviços sexuais como forma de se manter ali dentro. Digo oferecer não porque assim o fez como se uma prostituta fosse, mas porque a facilidade e praticidade com que tratava o sexo como uma mercadoria fez aquele escambo parecer a coisa mais natural possível; logo, não podia eu estranhar a mecânica que envolvia seus atos para comigo. E isso sem querer remeter à sua atuação na cama como a de uma mulher fria. Absolutamente. Aliás, o contrário disso. Era tão obscena que me sentia pequeno em não poder lhe proporcionar performances tão formidáveis quanto às que me oferecia.

O motivo pelo qual me sentia constrangido com a mecânica facilidade com que Selmara tratava do sexo era o fato de eu cogitar envolver-me emocionalmente com ela. Sem a sua recíproca, é verdade, mas de minha parte já não me relacionava com nenhuma outra mulher, e fazia questão de não saber se ela transava com outros. Se o fazia, era muito bem escondido, e tinha cuidado absoluto para que eu nunca viesse a saber.

Celso, meu amigo de tempos, me repreendia nessa minha insana relação, mas o apego e a comodidade que passei a ter com Selmara junto de mim era algo reconfortante. O sentimento de chegar em casa e sentir o cheiro da comida e a certeza de ter alguém me esperando era o suficiente para atenuar a modorra dos meus dias de batedor de carimbo. Não tardou para Selmara largar o emprego de atendente e cercar-se de cuidados com o apartamento, adquirindo ares de dona de casa, mas sem o tédio em geral agregado a estas. Aliás, o tesão e o entusiasmo com que Selmara fazia cada coisa, por mais trivial que fosse, era algo que, se eu admirava muito, também era verdade que invejava. Enchia-me de alegria a partir do momento em que entrava no apartamento, beijando-me dos pés à cabeça, como uma namoradinha apaixonada, embora eu soubesse que disso estava longe, dado a supremacia que se podia sentir da parte dela, ainda que dissimulada, naquela estranha relação. Nos instantes em que me envolvia em seus carinhos, no entanto, longe estava eu de querer cogitar a possível falsidade daqueles atos, somente me entregava a toda sorte de manobras sexuais diversificadas em que me envolvia a cada noite que passava. De minha parte, embora não houvesse motivos palpáveis para crer na provável falsidade de suas atitudes, meu senso de coerência, para o qual contribuía minha baixa autoestima, se encarregava de não encontrar motivo para que uma mulher como aquela encontrasse algo de interessante em alguém medíocre como eu. Tudo não passava de uma relação conveniente para ambos, da qual eu não ousava mover uma palha para não ver o monte de feno desabar.

Celso, como um cigano aposentado, vivia querendo me confrontar com, a seu ver, as reais intenções de Selmara. Como verdadeiro amigo meu, também não encontrava motivos para ela se manter daquela forma naquela relação. Conveniência era o máximo que ele encontrava de atenuante. Essa série de constatações era absolutamente racional para quem conhecia Selmara em pessoa.

Se mesmo minha falta de autoconfiança não era o suficiente para produzir ciúmes doentios, também era verdade que reduzira a ida de meus companheiros de bebedeira até o apartamento desde o momento em que, uma vez lá dentro, Selmara se tornava o centro das atenções de todos eles, e isso, não mais do que um desconforto, fez ser para mim o motivo único da troca de meu apartamento por um bar qualquer onde pudéssemos beber sem ela presente. Selmara não questionou sobremaneira o súbito desaparecimento dos meus amigos e o isolamento que a nossa vida tomou entre aquelas quatros paredes.

Selmara não questionava. Tornava tudo agradável e risível. Seus dias eram compostos de estranhas alegrias e suas noites de orgias intermináveis. De seu passado eu não tinha conhecimento. Travara amizade com ela nas locações constantes de filmes na videolocadora em que ela trabalhava, e, em seguida, alguns passeios e divertimentos mais casuais estabeleceram aquele início de relação que descambou para a forma em que se encontrava então. Familiares e amigos anteriores à nossa relação não pertenciam às nossas conversas — de sua parte, pois meus companheiros de bebedeira eram seus conhecidos. E Selmara permanecia para mim, então, como uma incógnita, um enigma indecifrável que meus dias e minhas vontades passaram a insistir em querer ter doentiamente ao meu lado.

Em alguma de minhas conversas com Celso, chegamos a cogitar o porquê dela não se amasiar com alguém com mais posses e mais poderes a lhe oferecer do que eu. Não chegamos a entrar em tais questões com ela, é lógico, com medo da reação que poderia ter, uma vez que nossas elucubrações estavam indo tão longe que passamos quase a vê-la somente como uma oportunista à espera de um lance melhor. Mas era injustiça, uma vez que ela tivera tempo suficiente para se arrepender e seguir seu rumo, para longe de mim e de toda aquela corja sedentária que me rodeava.

No entanto, tempos já haviam se passado, e Selmara permanecia, fiel e consistente como um cachorro velho que te escolhe e pronto. Cumprindo o papel que tomara para si. Se era conformismo, estagnação, falta de motivação, não sei. Sei que, naquele ritmo que se deslocava quase que para o nada, mas com tal intensidade que fazia crer ser a mais sensata e mais pensada das opções de vida, continuávamos. Sem troca de palavras muito profundas, íamos sempre e sempre nos entendendo, nos usando, servindo um do outro, naquela troca sem fim e, parecia, sem grandes consequências. Mais a mais, enquanto ela não abandonasse o barco, eu era o velho marujo grato pela tripulação fiel e solidária.

Vãos

> Talvez fosse somente impressão nossa e tudo continuasse igual. Que o rosto pequeno de Bob fosse exatamente o mesmo e ele não tenha olhado para a faca daquele jeito.

Jeniffer Heemann,
Solange Ortmann

Menos pelo calor pegajoso e tanto zumbir de mosquitos do que pela lembrança do velho Trajano, incrustada em todas as paredes revestidas de cedro que nos rodeiam, dormir à noite é um sacrifício que me leva repetidas vezes a levantar, sair ao corredor pelo simples arejar que a caminhada me proporciona e ir ao banheiro molhar os pulsos, o rosto e também um pouco da nuca, deixando que a água escorra pelas minhas costas que já estarão secas quando eu voltar de novo ao quarto. Ver se Lorenço dorme bem se transforma em gesto quase automático, tão estranho ainda me parece fazer vigília para um sono que nada pode ter de perturbado, não nessa idade em que suas preocupações não se resumem a outras senão decidir se vai pescar cedo pela manhã tão logo Nina apareça com a tia Martita ou convencê-la a prender cigarras em um daqueles vidros grandes de melado Coty que Delia tão certo separou para ele depois de embrulhar o doce em papel-manteiga. Vigiando o que não há para vigiar, a imagem de Lorenço é como um quadro de Jacobo: uma perna para fora da cama, de barriga virada para baixo como gosta de dormir, os lençóis já vão longe, mas dorme bem, com a cabeça afundada no travesseiro e o sossego do boa-noite deixando os mosquitos longe da pele ainda tão fina. Terrível uma noite ser tão quente assim. Desde cedo a preocupação em pulverizar de inseticida os quartos e baixar as telas nas janelas onde todos vão dormir. Bom que Lorenço pega fácil no sono, basta o ventilador para lhe espantar o calor e não é preciso se preocupar se sofre com a mudança de clima, tão diferentes de casa são estes dias e estas noites aqui no sítio.

Espantou os monstros debaixo da cama, doutor?, pergunta Delia, a voz séria demais como sempre que brinca de sonâmbula, tão logo me dá tempo de adentrar no que começa a ser sono. Tinha uns dois ou três, mas acho que já estavam grogues por causa do boa-noite, de forma que foi bem fácil acabar com eles. O ar abafado faz nascer pequenas gotas de suor em Delia, grudando-lhe o pijama contra o corpo. Ela empurra o lençol para fora da cama, tão parecida com Lorenço nas pequenas coisas que só se vão descobrindo assim, como quem observa sem querer ver, e resmunga que eu olho por demais para Lorenço e outras coisas que não consigo entender, porque faz daquele jeito que parece birra, mas planejado o bastante para que flerte com o que para mim é charme. Eu aguardo bem uns três minutos, a barriga virada para cima vendo com o canto do olho Delia procurar por melhor posição, o revirar do travesseiro para descobrir se o outro lado está mais gelado. Sua pele repleta de gotículas acentuando-lhe as formas por sob o cinzento da malha que lhe gruda às coxas, peitos e barriga me parece um convite para me colar a ela, tão excitante se põe Delia nestas noites quentes de verão. Ela rezinga qualquer coisa sobre o calor, me empurrando com as pernas, e não é preciso mais do que isso para que eu me vire de lado e trate de procurar por um sono que, começando a piar lá fora os pardais, sei que não mais virá.

Há o cheiro do pão, que Delia, acordando mais cedo do que eu, esquenta no pequeno forno. Há também os gritos de Lorenço e o barulho que ele faz em correria, pisando forte com seus calcanhares descalços o chão de madeira da escada da casa. O que seria só acordar me parece uma ruptura de um tempo subterrâneo, um dar-se conta de outra instância onde a voz de Delia gritando que o café está pronto me conduz a este momento repleto ainda dos resquícios noturnos de empurrar de corpos e tentativa frustrada de aproximação. Atento ao deslocamento que me faz ouvir por antecipação os gritos de Lorenço se aproximando da porta do quarto e berrando que quer jogar futebol, vamos logo, antes que chegue Nina, que horas chega Nina? Acontece que não é fácil partir assim de um estado a outro, e me deixo levar até a mesa, confundindo meus sentidos com o gole do café que é bem quente e cujo vapor me embaça a visão e não me deixa ver por completo Delia, ela que me olha assim, apenas como quem passa a margarina no pão logo de manhã cedo.

Uma casa grande demais para apenas nós três, de modo que o convite para que tia Martita venha com Nina tem o tanto de educação que sempre cabe à velha tia de Delia, tão próxima do sítio fica a sua casa e tão acostumada está em veranear na residência do velho Trajano. Isso desde quando a construção era ainda somente um chalé por onde corriam ele, tia Martita e os outros irmãos, nenhum deles mais em condições de aproveitar a bela casa em que o casebre se transformou. Há também a alegria que a presença da pequena Nina tem para os dias de Lorenço. Toda cachos e olhos negros, basta a simples menção da ideia de convidar a prima para passar o verão conosco para Lorenço se impacientar com a perspectiva de chegarmos logo ao sítio e mais ainda para que tia Martita venha logo com Nina a tiracolo. Nina e Lorenço têm as idades próximas, mas não é preciso ir além do que o um ano e tanto a mais dela para se notar a diferença que há entre meninos e meninas.

Daí acharmos ainda mais bonita a sua paciência e o apego com Lorenço, envolvendo-se em brincadeiras para as quais já pode se considerar mocinha, mas tão solícita e companheira: catando sapos com ele e sendo a primeira a correr e arrumar as linhas e varas para irmos à pesca dos lambaris e acarás que, mais tarde, viram fritada pelas mãos da tia Martita. Então, também para nós, os dias se transformam em um daqueles idílicos verões em que, à sucessão das pescarias no riacho logo cedo, a noite se completa com discos na varanda e fatias de melancia, histórias da tia Martita e as crianças à cata de cigarras em volta da casa e podemos esquecer quase por completo as traduções e o hospital e os dias que não têm fim na cidade.

Depois das receitas da tia Martita e dos tantos doces que Delia faz, a encenação de ajudar a preparar (também para que ela possa de fato descansar nestes dias de verão, é mais do que conveniente a presença da tia Martita: a velha se apressando em preparar com todo o gosto as dezenas de quitutes do seu rol de surpresas noturnas, presenteando-nos a cada jantar com elaborados pratos, sem deixar que Delia seja mais do que peça decorativa na cozinha, com a função oficial de receber as informações de preparo em primeira mão — delícias às quais, por tradição familiar, caberia a Delia herdar, mas que, eu tenho certeza, nunca chegarão à cozinha de nossa casa na cidade), ficamos, os adultos, a desempenhar nossos papéis, como que distraidamente; ouvindo com curiosidade insuspeita as mesmas histórias que tia Martita se enternece em nos contar pela milésima vez. Bom que o faz com adendos diferentes aqui e ali, servindo para que Delia não note que minha boa vontade com suas tramas repletas de cavalariços e bailes no teatro municipal se esvai na medida em que cresce meu interesse pelas glicínias que ornam a subida da varanda, pensando em levantar um tanto mais cedo pela manhã para podá-las e deixá-las de um jeito que daria gosto de ver até ao velho Trajano. Fala-se de López Mañara, dos filmes de Héctor Bonilla-Stewart, dos cafés da Rivadàvia e até do louco Bazán — de um jeito que os licores de laranja e lima deixam ainda mais interessante — e quando tia Martita começa a pescar, o licor e as conversas fiadas já fazendo um efeito soporífero na velha, está mais do que na hora de levar as crianças e a tia aos quartos, que este recém é o primeiro dia e tantos há mais pela frente e, se continuarmos assim, nem a velha nem nós mesmos aguentamos.

Natural que deixemos a tia Martita em quarto confortável, portanto deslocamos Lorenço para ceder lugar a ela e, por fim, o alojamos de modo a parecer bom arranjo a todos: separado do aposento da tia somente por um banheiro que serve aos dois dormitórios, colocamos Lorenço e Nina em um quarto com beliche, eles que decidam quem dorme em cima e quem dorme embaixo. O bom é que suas conversas podem se esticar até a hora em que o sono bater ou até que eu ou Delia desçamos para mandá-los calar a boca; eles só se veem no verão e me parece mais do que razoável deixar que se entretenham noite adentro nessa tagarelice que parece fio de novelo que os pequenos não se cansam de puxar. Eu mesmo desabo com um cansaço com certeza acentuado pelos licores e a função com as crianças; é verdade que a chuva que cai tornando mais fresca esta noite é um convite para o bom sono. Daí aquele torpor quando sou acordado por Delia horas tantas depois, aquele estado em que nada é nenhuma coisa com precisão e então demoro em entender a presença de Nina em nosso quarto, o choro dela abraçada ao pescoço de Delia, só o choro e o choro e a carinha de Lorenço, como sem entender nada, no batente da nossa porta, o pijama de coelhinhos e procurando alguma forma de consolar Nina, que não há forma de consolá-la, tão convulsionado é aquele choro. Depois, é tão difícil entender as palavras que vêm por entre as lágrimas. Vejo que a janela ficou aberta, com certeza devem ter entrado os mosquitos, Delia me diz que Nina tem que dormir conosco e ela diz que não quer voltar para o quarto por causa do retrato. Pergunto para Delia se devo ver um calmante para Nina e ela meneia a cabeça em negativo sem olhar para mim. Lorenço não resiste e mesmo ante o choro de Nina esconde um riso e me leva até o andar de baixo onde dormem para me mostrar o retrato que assusta a menina. Tia Martita é a única que não desperta com toda a função que envolve a casa e é bom que seja assim, vai ficar assustada se acordar vendo que Nina chora tanto. Eu desço com Lorenço enquanto Nina fica abraçada a Delia no andar de cima. É estranho sentir-se tão hipnotizável, descobrir a sensação sonolenta que ser surpreendido repentinamente proporciona. Daí a facilidade de ceder à imaginação, deixando-se render pela expectativa que a quase anunciação da visão do retrato remete. Lorenço me fala no caminho que é bobeira que Nina chore tanto, e eu mesmo me surpreendo não tanto com a maturidade na voz de Lorenço, mas que eu não tenha nem notado a presença do retrato enquanto arrumava o colchão para os pequenos e de repente ele me pareça, assim, tão deslocado de sentido que sequer exista, quanto mais que esteja pendurado no quarto onde dormem as crianças. Sobre o retrato, o que impressiona é a sua atmosfera de proximidade tamanha, conduzindo a uma espécie de suspensão de juízo, de não querer prosseguir a olhar, mas sentindo-se atraído. Um menino de cabelos avermelhados chora em primeiro plano, o rosto encarando em nossa direção, envolto no que deve ser um casaco de lã crua, castanho e repleto de volteios. As pontas lembram labaredas e a dificuldade de se distinguir o cenário que se forma às suas costas provavelmente é o que mais impressiona conforme seguimos mirando: há pouca nitidez e, portanto, pode ser um jardim, ainda que os morros se assemelhem tanto a vulcões cinzentos. O céu, carregado, como se fossem surgir vãos por onde virá uma tempestade. A imagem remete a um outro lugar qualquer, apátrido, já que, apesar do realismo da pintura, é difícil crer que uma criança como aquela exista, tão bela na simetria do seu rosto, os cabelos de um castanho-avermelhado com uma leve franja caindo sobre a testa e o choro contido de lágrimas rolando pela face. Há qualquer coisa na luz que parece alterar a percepção conforme o ângulo em que o observamos. Não se pode contemplar o quadro sem ser tomado por algum sentimento muito próximo ao temor, embora seja bobagem que eu diga isso já grande, ora, e não é somente um quadro? Mas é estranho que em pouco tempo eu possa compreender ou imaginar a sensação de Nina ao acordar com aquele retrato na penumbra como a lhe vigiar. Difícil é crer que Lorenço, tão sensível, não se tome ao menos de solidariedade por Nina e não veja nada no retrato capaz de assustar a uma menina tão pequena. Ele, ainda mais novo, parece revestido de uma imediata superioridade que só lhe faz achar graça na reação da prima que tanto ama. Eu deixo claro que não concordo com ele, que a pequena tem, sim, os seus motivos para se assustar e que, portanto, vai dormir conosco esta noite. Lorenço desfaz o sorriso quase de imediato enquanto eu digo que, se para ele não é problema, que vá dormir logo, pois já é tarde. Com a porta fechada atrás de mim, eu já não vejo essa maneira de olhar assim, por instantes, que Lorenço ainda me dirige antes de baixar os olhos e cerrá-los, porque falta pouco para que chegue a manhã. Eu me certifico de que Nina já está dormindo, abraçada a Delia, e desço até a cozinha para preparar o chimarrão. Não vale mais a pena deitar-me por tão pouco tempo. É melhor calçar os chinelos e fumar na varanda até que o dia termine de se apresentar.

    Pela manhã, Delia me encontra podando as glicínias. Pergunta com um interesse que me parece mais formal por que desisti de voltar a dormir e eu lhe respondo mostrando o bom trabalho que fiz com a entrada da casa, as glicínias e coroas-de-cristo e até mesmo as pequenas mudas de tulipas já na sua melhor forma. A pequena Nina ficou dormindo, pobrezinha, é compreensível. Por isso, quando tia Martita aparece, estranha não ver a menina nem Lourenço correndo pelo jardim. Parece que ficaram conversando muito ontem à noite, tia, eu digo, e olho para Delia, que faz coro à minha pequena mentira, emendando um comentário qualquer sobre essas crianças e que as deixe dormir um pouco mais, afinal, têm só o verão para isso, não é mesmo? Tia Martita concorda conosco e diz que vai preparar bolinhos de queijo e croissants para o café da manhã e que gostaria que as crianças provassem. Será que é problema acordá-las? Eu digo não, agora já dormiram bastante. Pode deixar que daqui a pouco vou chamá-las, tia. Quem vai querer ficar sem provar os seus bolinhos de queijo? Eu é que não vou, tia!, completo, dando um tapa na coxa de Delia e correndo até dentro de casa, sem me virar para ver se Delia esboçou alguma das suas máscaras de indignação, ouvindo somente a risada de tia Martita, se tia Martita soubesse.

Quando eu chego até o quarto de Lourenço, ele já está terminando de se vestir e concorda em subir para surpreendermos Nina. Acordamos a pequena, cobrindo-a de beijos e cócegas, e ela desperta faceira e risonha, como as crianças deveriam sempre acordar. Lourenço abraça a prima e parece que nada de choro e susto aconteceu na noite passada, eu mesmo quase não me lembro de tudo o que disse, acho que, na verdade, os pais dizem sempre a mesma coisa. Os pequenos escapam rápido da mesa depois de se empanturrar com os bolinhos de queijo e os croissants de tia Martita e dizem que vão caçar gafanhotos na beira do riacho. Melhor assim, porque Nina se distrai, não é? Delia fala alto demais e sorte que tia Martita é meio surda, pergunta sobre o que falamos e eu invento que tenho que terminar de podar as glicínias e depois dar um jeito no portão de madeira que precisa ter a cancela pregada.

Bem mais além da casa, o sítio se estende em uma enorme propriedade. É preciso boas pernas para se percorrer a horta que vem logo atrás, seguida da velha estrebaria junto do campo de futebol em que os peões daqueles tempos findavam os sábados em partidas das quais até o velho Trajano fazia questão de participar. Depois, há ainda um açude artificial para a criação de peixes, o poço já fechado e o riacho, de onde parte do curso tinha sido desviada para alimentar a plantação de arroz que ainda naqueles idos o velho cultivava. Embora já quase ninguém lembre, além de Delia e de tia Martita, que, além de fazer questão de esquecer, já não saía da volta da casa quando vinha veranear no sítio, era preciso atravessar uma ponte que o velho construiu sobre o riacho para se chegar ao casebre de madeira erguido quase nos limites da propriedade. Eu continuo sendo fiel à memória, mas é impressionante o quanto as pessoas põem tanta inteligência nas pequenas coisas para se cercar de outras que saem não se sabe de onde e, do jeito delas, pela junção de tantos pontos e fiadas, encontram vãos para fazer nascer um fato novo, uma outra coisa que não é nem aquilo que aconteceu nem aquilo que foi inventado. Porque eu passeava a cavalo mais perto do riacho do que todos os outros — envolvidos àquela hora com a pintura da casa —, para Delia, parecia natural que eu detivesse o fogo a tempo, mudasse o curso do riacho como mágica em direção ao casebre, ou sei lá que diabos de mágica ela imaginava que eu fosse capaz de fazer para deter a queima daquele antro de madeira velha. Que tirasse o velho Trajano e a filha do peão de dentro do casebre ainda antes de serem queimados é pouca coisa a ela. Como era pouca coisa que meus recursos de salvamento tenham sido insuficientes para trazer o velho de volta à vida. Em situações como essas, faltam todos os porquês. Sobram as cobranças. Afinal, se eu sou um médico, que salvasse o velho Trajano. No mais, a ela e sua mãe, conforme ficasse cada vez mais constrangedor tentar encontrar motivos por que o velho se trancara com a filha de um dos peões naquela casinha, também era paliativo pouco suficiente o fato de poder velar o corpo de caixão aberto, já que, graças à minha prestativa ação, o rosto escapara incólume às queimaduras. E nem se pode dizer que tenha contribuído para a morte da velha logo em seguida saber o que eram, afinal, os desenhos encontrados no chão do casebre. Como a nós não coube identificar do que se tratavam e nem estivéssemos interessados em contratar peritos para decifrar o significado dos hieróglifos e dos estranhos objetos dispostos em volta, achamos por bem não nos questionar mais no que o velho Trajano andava metido. E me vem um sem-número de vezes o alívio como que sem fim de que Lorenço ainda fosse tão pequeno e frágil nesses dias, que o velho Trajano nunca tenha sequer o pegado no colo, ainda que me venha também a certeza de que a vinda de Lorenço não trouxe o que quer que esperávamos que trouxesse de volta ao nosso casamento. Certo é que, a partir daí, cada dia passado com Delia passou a ser algo assim como preencher silêncios.

Passear junto ao riacho, ainda que tanto tempo já se tenha passado, é como retornar de algum modo a esse instante congelado em seu próprio movimento. Terminada a poda das glicínias e o conserto da cancela do portão, a vivacidade do episódio me retorna à grande quando caminho ali pela volta, esperando encontrar logo por Lorenço e Nina, que afinal devem voltar para o almoço com ou sem os gafanhotos capturados. O vestido de Nina é de um verde quase limão, alinhado demais, é verdade, para as brincadeiras na volta do riacho. Contanto que estivessem longe dele, somente até onde os gafanhotos eram abundantes e podiam colocá-los dentro dos vidros de marmelada Coty esperando apenas que eles pulassem por conta própria para sua prisão. Ficava fácil de enxergá-la, muito longe de onde deveria estar, a água do riacho já lhe batendo na altura da cintura, o choro menos convulsionado do que na noite passada, mas de um nervoso que diferia e muito da risada de Lorenço, esticando-lhe um galho para que ela pudesse segurar-se e voltar para junto da margem. Não me parecia que dali sairia bom resultado e nem que Lorenço estivesse imbuído de real vontade de trazê-la de volta, mas é lógico que esse tipo de pensamento me passou com a velocidade de quem quer resolver a situação de uma vez. A verdade eu não podia ver, porque a minha pressa era em chegar até Nina, pegá-la nos braços e colocá-la de uma vez na terra, sem me questionar naquele instante como caíra no riacho, por que não conseguia voltar à margem e por que me parecia que Lorenço agia como seria tão estranho que Lorenço agisse. No caminho de volta para casa, com o belo vestido de Nina mais molhado do que embarrado, fazia um esforço para olhar para Lorenço, mas era o nervosismo da pequena que mais me preocupava. Ele vinha arrastando o galho até certa altura, quando pedi que o largasse de uma vez. Essa maneira de olhar assim, de parar por um instante como a indagar insolentemente, mas sem que a voz existisse para denunciar nada nem perto disso, era nova para mim. Perguntava-me se tinha alguma coisa de Delia, só poderia ser dela a empáfia.

Depois, em casa, tia Martita agora já tão atenta à nossa volta não tinha como inventar alguma outra desculpa que não tivesse o riacho e Nina de alguma maneira dentro dele, só amenizar o relato para que a velha não se enervasse. Delia não ajudava, o olhar fuzilante para Lorenço e eu como a querer formar um escudo, cruzar ante aquele olhar e mandar que Lorenço fosse para o quarto, depois ia ter com ele. De nada adiantava pegar Delia pelo braço enquanto tia Martita se ia com a pequena para a cozinha. É você e suas proteções, olhe no que ele está virando!, Delia rápida com suas diatribes, seus discursos sempre inflamados e prontos à procura de vãos por onde se esgueirar. Mais como a dar uma satisfação que não lhe devia do que imaginar que daquela conversa saísse algo proveitoso. Você não sabe do que está falando, não estava lá! É exagero, não sabe que é só uma criança, ora bolas? Brincavam e Nina se foi para dentro do riacho. Não há mais por que a discussão. Para você, tudo é sempre uma brincadeira. É quem sempre está perto do ocorrido para a versão oficial, não é? A ira de Delia era como uma massa que se espessava. Dar-lhe tempo para descanso só a faria mais forte. Mas eu a alimentaria com meu silêncio então, porque nenhuma outra palavra disse enquanto caminhava para o quarto de Lorenço.

    Há o cheiro, não se concebe que de um filho não se reconheça o olhar, o jeito de falar. Então, há o cheiro que se sente desprendendo do cabelo, o suor da exposição ao sol, das brincadeiras pela manhã no riacho. E o cheiro é o mesmo de sempre, é idêntico de quando com três anos. Sentir esse cheiro que vem da sua nuca é um conforto, como mirar de cima o redemoinho do cabelo castanho e desgrenhado, porque ele olha para frente, porque ele não me encara e eu ainda não sei o que fazer para quebrar o silêncio. Como pode?, tão pequeno e me pondo em apuros de constrangimento. O que aconteceu hoje pela manhã, Lorenço? Dez, quinze segundos antes que ele comece a balbuciar alguma coisa é uma eternidade. Continuo o papel de pai enervado, nada que me faça perder o controle, é lógico, e a resposta de Lorenço me vem sem que o olhar seja desviado. O senhor viu, papai. Brincávamos quando Nina caiu no riacho. Eu tentava puxar, mas era difícil! Um tribunal de inquisição. Questionar assim o pequeno me é de um esforço sobrenatural, sempre Delia aplicando os castigos quando nas ínfimas contravenções. Mas do que vocês brincavam, como Nina foi parar ali dentro? Caçávamos os gafanhotos. E eram tantos ali na volta do riacho!, a risada fora de hora, Nina querendo encher os potes antes que eu pudesse terminar os meus. Mas, e eu pergunto como se tal noção pudesse ser clara para uma criança da idade de Lorenço, de uma criança da idade de Nina, vocês não viram que era perigoso ali? Perto demais de onde o riacho já começa a ficar fundo? Sim, papai, mas. Parecia que não tinha perigo, sabe? E Lorenço sorri e percebe que sorri porque logo em seguida fecha a expressão, me olhando com o canto dos olhos (como é cruel ver que há algo que já não sei o que é em Lorenço). Nós tínhamos que pegar os maiores gafanhotos e era lá que eles estavam. Falei que Nina fosse e... Você falou que Nina fosse?, eu percebo a incoerência do seu discurso. Não!, Lorenço se apressa em consertar, Nina falou que se fosse seriam dela os maiores e eu, ora, Nina é maior que eu, papai. Já me parece ridículo o bastante inquirir Lorenço assim, procurando suas contradições (e perceber que existem e que existe outra coisa não dita). Afinal, o que pode uma criança da idade de Lorenço fazer que não seja natural ao seu comportamento infantil? Crer que Lorenço ria, que se divertia enquanto sua prima chorava dentro do riacho, me parece e é extremamente cruel (como é cruel ver que há algo que já não sei o que é em Lorenço). Relevo o que com certeza é fruto de má impressão. Mas por que você ria, Lorenço? Você não estava rindo enquanto lhe estendia o galho?, a pergunta me escapa antes que possa fazer qualquer esforço para detê-la. Os olhos de Lorenço cheios de lágrimas quando se volta para mim. Eu ria, papai? Mas eu queria tirar Nina de lá, mas. Você diz que eu ria? Uma criança. E me abraça chorando às fungadas. Chora como o menino de cabelos avermelhados que, do retrato em frente, insiste com essa expressão que perturba tanto e que era para onde, e só agora me vem, Lorenço mirava fixo antes que eu entrasse no quarto. Eu só não entendo por que não consigo acreditar nele.

Delia come à sua maneira, espetando os aspargos na mesma garfada junto com o peixe e mergulhando-os no azeite. Eu aguardo um tempo mas, antes que pareça perceptível que terminei a refeição, bebo mais um gole do vinho branco que Mario levou naquela manhã até o consultório e caminho em direção ao quarto para cercar o berço de Lorenço, ver se dorme bem. Sem monstros, doutor?, Delia pergunta quando surge atrás de mim, tão sorrateira consegue ser.

Eu sorrio para ela e já é um sorriso como não deveria, mas ora, faz tão pouco tempo que o velho Trajano se foi e mesmo Delia vem se empenhando para me dar crédito, ainda que isso não devesse ser esforço nenhum, como se eu fosse o culpado. Pela manhã, Mario recuou um tanto horrorizado quando viu as cópias dos desenhos, os confusos hieróglifos que cercavam o corpo do velho e da menina e que, para mim, já era assunto encerrado, mas que estranha é essa morbidez, e querer escarafunchar um pouco, mas era porque eu estava com os desenhos ali, tão ao alcance àquela hora e como soubesse que Mario se metera com ocultismo, xamanismo ou não sei bem que outras obscuridades na sua juventude, me parecia natural que lhe colocasse às mãos aquelas reproduções que, ao cabo de tudo, os peritos deixaram comigo, eu que por fim tomara conta das coisas pequenas na morte de Trajano.

Ele está bem, não está? Como cresce rápido, eu digo para Delia, antes que ela se afaste do quarto e fiquemos só nós dois, eu e Lourenço mesmo. Sim, está, como não estaria? Mas você não precisa falar com esse formalismo, ela protesta, sem mudar a expressão do rosto. Não, é só um jeito de falar. E Delia me olha como se não me enxergasse, a vista muito além. Qualquer palavra fora do lugar pode talvez acordá-la desse transe e, então, eu digo que deixemos o quarto, que deixemos Lourenço dormir. Já na sala, Delia, tensa, me diz que não lhe interessa sobre o que eram os desenhos, é tarde e desnecessário saber qualquer coisa. As práticas e os significados rituais sobre os quais me falou Mario escapam de minha boca antes que Delia consiga me fazer calar por completo. São só os seus olhos que me dizem que não havia por que lhe falar disso, que fazia questão de não saber do que se tratava, e é verdade que não teria motivo qualquer para lhe contar, além da consciência tão límpida de que aquilo me causava um prazer estranho, a superioridade perante Delia e assim também era uma forma de puni-la por me culpar pelo que eu não tinha culpa alguma. E é claro que, depois, também achei que essa poderia ser a causa, como tinham tantas causas, para que nossas conversas desde aí passassem a ser tão repletas de constrangimento e não ditos.

Não é verdade que as coisas sejam tão somente o que são em sua simplicidade e dali nada mais se tire. Sei que Lorenço sonha porque revira os olhos e seu corpo todo está descansado, então não há mais preocupação se fui rude demais com ele. Ele dorme afinal. Eu continuo em vigília, preocupado com o mau juízo sobre Lorenço, os pensamentos que não são o que deveriam ser sobre esse pequeno que é apenas uma criança (mas como é cruel ver que há algo que já não sei o que é em Lorenço). À minha presença ali no quarto ainda, contempla o retrato, essa outra coisa que é um punhado de tintas em sobreposições, de pinceladas e cores, que é tela e que é armação de madeira para formar o outro que não está ali, o menino de cabelos avermelhados saído não sei de onde e que tudo o que faz é chorar e me encarar, como não conseguiu fazê-lo Lorenço, os olhos em brilho, o pranto contido, nesse outro lugar que é frio e desesperador como sua súplica, e só pode ser súplica o seu olhar que não arreda a direção dos meus. Passadas tantas horas, seu rosto me atemoriza e me atrai, e eu não desvio a vista porque é bobagem, é só um retrato, por que haverá de me pôr medo se nem a Lorenço conseguiu? E é um embate doentio e inútil, porque o tempo se vai, mas não a sensação tão longe de agradável em que o retrato me põe. A manhã já está quase chegando quando me reconheço vencido ante aquela visão que só a Lorenço não incomoda e vou para o quarto junto de Delia querendo que ela esteja dormindo.

É claro que sempre se procura a causa, o que se chama estopim. E se procura descobrir a ponta inicial como se fosse uma ciência exata perceber na conversa o instante em que se desvendam as coisas escondidas, o que existia ali esperando um vão para se fazer visto. Delia não está dormindo, não importa que horas altas sejam. E insiste que é só uma conversa. Ora, é uma conversa. O que não pode ser controlado? Quais palavras não podem ser medidas antes que terminem proferidas? Delia não parece saber porque o que sai de sua boca, como sempre, são acusações. Suas palavras sem destreza querendo me acertar o alvo. É selvagem e sua sorte é que me excita o short de malha que lhe adorna as coxas, as gotículas todas de suor ali. Dizendo umas tantas de suas frases de sempre, qualquer coisa entre o excesso de mimo com Lourenço, tocando, como não poderia deixar de ser, no episódio de tantos anos atrás, é ridículo que nós dois estejamos assim, lado a lado na cama, o tempo perdido na procura de culpa, os corpos tão próximos e o único exercício físico seja da língua de Delia, a boca que abre e fecha e não para me oferecer beijos. Acho que já é o bastante, qualquer discussão já começa sendo o bastante, por que vou perder esses instantes querendo me proteger, convencendo-a de que educo tão bem o filho que sei que educo tão bem? E é certo que ela se enerva, lhe irrita que, de minha parte, não exista a contra-argumentação. Que daqui deste lado o que me interesse seja mirar a nascente de minúsculas gotas que lhe foge para dentro do umbigo. Confunde com complacência o que é só o meu sorriso de quem quer que a discussão chegue ao fim. É claro que isso não pode permitir. Tem que insistir para que eu discuta com ela, para que eu me iguale em virulência e entre nós o que é tensão sexual vire tão somente esse bate-boca de que ela faz questão para se aliviar da vontade de fazer o que já não fazemos há tanto tempo. Mas não hoje. Eu não concordo que hoje seja assim, que continuemos empurrando com os ombros esses vãos que permanecem se instalando entre nós. O que me interessa é corromper a casa do velho Trajano, submeter Delia e fazer com que acabe de uma vez com esses dedos apontados em riste que já me irritam, que vêm há tempo me cansando, dobrar-lhe a empáfia que herdou daquele velho maldito e fazer com que cumpra com suas obrigações, não é natural que deixe seu marido, um médico, assim. Como se por mim não tivesse desejo. É o que você quer demonstrar, não é?, fugindo de minhas mãos, querendo me convencer de que vale a pena voltarmos a discutir, o que é afinal de contas que eu penso que estou fazendo?, mas agora não interessa, não interessa, Delia!, não é possível crer que eu não possa, assim, dobrar suas mãos, essas mãos que sempre tratam de me rejeitar, e voltá-las de um jeito que não machuque você, Delia, e ignorar que esses gemidos não sejam de desejo, que seus não queros não sejam outra coisa além dos seus jogos, que você não esteja chorando assim porque também me deseja e lhe agrada que eu por fim tire esse short que com certeza lhe machuca as coxas, tão apertado que é, ora Delia, você não precisa conter os gritos, o velho Trajano já se foi, nem pode nos escutar, muito menos a esses soluços, sua respiração entrecortada, porque eu sei que você gosta que lhe vire assim e lhe murmure obscenidades e percorra o caminho até esses dois montes salpicados de suor, apertando-lhes desse jeito forte, não é Delia? E que abra o caminho com os dedos antes de entrar inteiro. Porque sei que faz gosto do peso, assim, então, assim, minhas investidas sobre seu corpo para fazer desaparecer de uma vez esse passado onde tudo é só o velho Trajano e não é possível que seja sempre isso, eu sei que você gosta assim, e o tempo todo lágrimas e agora não esteja tão bem, assim, nesta noite tão quente de verão, tão bem como eu estou quando saio de cima de você afinal estamos tão suados.

Por vezes, é como se estivéssemos esperando coisas já acontecidas ou soubéssemos que tudo que poderia acontecer não viria a ser de outra forma. Pela manhã alta, a casa toda em suspenso, Delia nem palavras nem olhares na varanda, escutando os silêncios de tia Martita. Lorenço e agora a necessidade de estar sempre à vista. Onde está Lorenço, onde está Nina? Tia Martita não escondendo o que não é mais sorriso bonachão, o que não são pretensões de velha tia em fazer os croissants e broas e cucas de banana e outras coisas que tornam tão idílicos estes dias. Foram catar caramujos e ainda não tomaram o café! O roupão de Delia lhe envolve como se tivesse muito frio, seu corpo voltado para um lado onde eu não estou e que talvez, para Delia, seja melhor do que olhar em minha direção. Catar caramujos? Por Deus, onde se meteram? Não há mais preocupação em Delia, há esse som baixo demais para que eu possa ouvir qualquer coisa que não vem de sua boca. Tia Martita, uma velha, não sabe me dizer, não sabe segurar a pequena em casa. O que faz além de pães de milho? Vou só com o calção velho, os pés descalços, correndo para onde é o riacho e para onde sei que Lorenço levou Nina. É uma carreira, a distância é grande, por isso me sobra tempo para pensar como é curioso as pessoas acharem que ter um filho é tão simples e que tão fácil que é lhe reconhecer o olhar, o jeito de falar. Que vai ser sempre um conforto lhe conhecer nos pequenos gestos e não ver o que não deveria estar ali. Onde se meteram afinal? As pernas pesam como se não quisessem prosseguir e chegar afinal perto de onde estão as crianças, devem ser elas, logo ali adiante, não somente Lorenço com seu calçãozinho encardido, os braços tão sujos de lama que ficaria fácil não reconhecê-lo, onde está Nina?, é verdade que não chego a sacudi-lo, mas é preciso lhe despertar, parar a brincadeira de esfregar o pequeno graveto no chão, o olhar onde não sei e a surdez que não encontra resposta para minha pergunta. Onde está Nina?, mas o que é afinal, então amar o filho é assim, algo irracional que não questionamos e nem entramos em conta de seus atos? É assim amar esse Lorenço que não se vira quando lhe digo o nome, como se eu não estivesse ali, como se não lhe chamasse, e não fosse eu que perguntasse por Nina e, agora sim, começasse a sacudi-lo, o pescoço tão fino, o que você fez com a Nina, Lorenço?, como se não fosse eu com os olhos baços que me dão pouca nitidez, neste ponto tão cheio de lama e que, portanto, pode ser um jardim, e claro que não ouço Delia, essa Delia que nem sabe me dirigir a palavra. À volta, o que há é o céu carregado, como se fossem surgir vãos por onde virá uma tempestade, nesse outro lugar qualquer em que é tão cruel ver que há algo que já não sei o que é em Lorenço, como não sei por que seu pescoço pende assim, tão frágil nas minhas mãos, enquanto se torna tão alto o choro de Nina.

Procissão

> "Acho que não se vendem por dinheiro. Gostam bem da coisa, que eu sei."

Liana Porto,
Ordinária por dez qualquer

Nunca entendeu o porquê do vaivém. No entanto, deveria ser norma entre todas, ou ordem dos cafetões. Enfim. Fazia horas que se debruçava na sacada do apartamento da namorada e observava a procissão-de-mesmo-lugar que elas emendavam, tarde após tarde, e que acabava por estender-se até a noite. Sentia-se um tanto combalido de vê-las ali, incansáveis, horas a fio, mas não pretendia colocar-se em seu lugar ou apiedar-se. Estranhava que, no domingo, elas nunca estivessem ali. Nenhuma delas. Quando passava com sua namorada, indo para o apartamento que ficava em frente ao hotel vagabundo que elas utilizavam para seus programas, quase sempre faziam uma piadinha enaltecendo o cristianismo delas de guardar domingos e dias santos. Piadas de mau gosto.

    A loirinha seca lhe dava pena. Parecia que não tinha tática, não tinha esquema. Na realidade, no ir e vir de suas pernas finas, dava a impressão de que o possível cliente era quem deveria tentar conquistá-la, e não o contrário. A outra loira com quem dividia calçada e um silêncio indiferente, esta, mais fornida, tinha seu jeito, sua técnica. Caminhava acompanhando o alvo e, na maioria das vezes, pegava em sua mão e conseguia até mesmo um curto diálogo; no entanto, quase sempre recebia um não, obrigado, ou, não, fica pra outra vez. Na pior das hipóteses, arrancava-lhes um cigarro e até a gentileza do isqueiro. A loirinha seca, nem isso. Enfiada no seu antigo deandê azul-piscina e em uma jaquetinha de napa, naquela fria tarde de abril, ela continuava sua sina, para lá e para cá, mas sem se prestar a seduzir. Talvez esperasse para ser seduzida. Talvez achasse que valesse para isso.

Quando ele voltava da padaria e estava entrando no prédio, sempre tinha uma moreninha que, desafiando o possível tratado de todas elas, estava abancada em uma cerquinha, uma grade junto à construção. Assobiara-lhe já duas vezes, chamando-lhe com a mão. Estranha a sensação. Sentia-se fugidio, entrando rápido no prédio, ela rindo, e ele indo para os braços de sua namorada. A loirinha seca, impassível, não ria. A loirinha seca parecia muito triste, o tempo todo encarangada na sua jaquetinha, para lá e para cá, para lá e para cá. Triste e estranhamente superior, como se não fizesse parte daquilo e, por isso, não perdia tempo tentando seduzir. Talvez fosse romântica o suficiente para ter certeza de que alguém apareceria ali e a levaria embora para algum lugar melhor.

Decágono

> Não tinha um tostão no bolso. Os biscates é que lhe garantiam a vida. Fazia tudo: pedreiro, marceneiro, o que fosse. Mas botava banca. Comprou uma velha remington e se achava escritor. Que fazia literatura.

Fernando Borges,
Uma velha máquina

1. Os grotos

Os homens sentavam-se durante horas nos degraus da varanda, enquanto as mulheres, dentro das casas de madeira tosca, cozinhavam alguma espécie de carne gordurosa, cuja fumaça subia, deixando espessa camada de fuligem na parede já apodrecida. As crianças corriam em volta, fazendo uma algazarra dos diabos, e os olhares pesados e empapuçados e suarentos por sobre as pálpebras de suas mães não esboçavam a menor censura.

    Quando a cerveja dos homens acabava, eles apenas ficavam a contemplar algum lugar distante, longe o bastante para não lhes animar a caminhar até lá, e não gritavam para dentro de casa para as mulheres trazerem mais um conjunto de seis latas de cerveja gelada ou uma long neck ou qualquer outro vasilhame que contivesse cerveja. Eles ficavam apenas mudos e contemplativos, porque sabiam que as mulheres estavam cozinhando apenas algum tipo de carne gordurosa que iria compor o jantar junto com os restos de arroz do domingo que havia passado.

Então, os homens também não se davam ao trabalho de entrar e buscar eles próprios, talvez porque a algazarra das crianças os deixasse cansados em demasia, talvez porque apenas quisessem ficar ali, sentados, ou, na realidade, nem fizessem questão de beber tanta cerveja assim, e apenas o fizessem por alguma espécie de convenção existente desde sempre e que deveria perdurar para todo o sempre, amém.

2. Insone

Camila não sabia ao certo por que se encontrava na estação rodoviária àquela hora da madrugada, esperando o ônibus para um lugar para onde não tinha muita certeza se estava querendo ir. *Foda-se*, pensou Camila, antes de pedir uma água mineral para o ambulante que tartamudeava por perto, encostado na parede desde que ela se lembrava de estar ali. Lembrou-se de um colega da faculdade, que achava o ato de comprar água mineral uma das maiores demonstrações de poderio burguês. Na época, ela achava mais ou menos isso, também, quando via as patrícias entrar aula adentro com suas garrafinhas de charrua sugadas em canudinhos plásticos. *Se é para comprar uma bebida, compra refri, porra! Água tem no bebedouro,* falava Fabrício para Camila. Falava tão alto, no entanto, que as patrícias se viravam fazendo um sinal obsceno seguido sempre da mesma frase: *Vai-te à merda, riponga!* Fabrício era o riponga. Não queria se lembrar de Fabrício, que não tinha nada que ver com o motivo pelo qual estava ali. Era de um passado tão distante quanto as aulas de comunicação comparada e aquelas garrafinhas plásticas de charrua. O ambulante lhe alcançou uma garrafa de charrua e disse que não tinha mais canudo. *Melhor*, pensou Camila, *um detalhe apenas para me diferenciar das patrícias.* Camila não tinha certeza de que horas eram quando o ônibus chegou ao seu boxe, mas os pés doendo lhe trouxeram o arrependimento de ter calçado as alpargatas velhas do pai.

3. Quase memória

Tu não entendias por que as outras crianças não te deixavam brincar com elas no pátio dos apartamentos. Tu eras meio estranha e um pouco gorda em comparação às outras gurias com suas tetinhas ouriçadas e seus calçõezinhos de lycra coladinhos no rego, mas esses tu não podias usar — porque tu eras um pouco gorda e sabias que não ficaria algo muito bonito de ver. No mais, tu tinhas quase certeza de que não gostarias de sentir aquele tecido gelado enfiadinho por entre as tuas coxinhas roliças e achavas melhor, então, usar aquela bermuda de algodão folgada que te deixava maior do que tu eras.

Também, isso não tinha lá muita importância no resumo geral das coisas, porque tu acabavas mesmo passando o dia olhando as crianças da janela do teu apartamento ao rés do chão, já que elas não te chamavam para participar do esconde-esconde, então, quase ninguém te via com aquela bermuda larga de algodão. Se te vissem, tu já achavas que não tinha muito problema, porque há tempos já desistiras da ideia de encontrar em si própria um pouco de graça, ou de parecer interessante de maneira estética. Eu acho que tu nem tinhas muita noção do conceito de estética. É, esquece, tu eras muito novinha naquele tempo e, provavelmente, crianças novinhas e normais na concepção social da palavra não se ligam muito em preciosismos vocabulares. Se bem que eu esqueci que, na época, tu eras meio estranha. Eu, por exemplo, não entendia por que tu gostavas de maltratar o gato do teu irmão menor. Não sei se tu tinhas raiva do bichano, de verdade, ou se usava o pobre para se vingar do fato das atenções terem se voltado todas para teu mano e, então, tu te achares abandonada por completo.

Ninguém ligava que tu ficasses horas na frente da televisão assistindo àqueles filmes onde os homens sempre queriam estar por cima das mulheres, se esfregando que nem o guri daquele apartamento do lado do teu ficava na tua vizinha Lurdes. Tu não sabias o que havia de interessante em ficar se esfregando. Tu não sabias muita coisa naquela época, para falar a verdade. Agora, não sei se tu aprendeste um pouquinho mais.

Também, eu não tenho nada a ver com isso.

4. Boteco

Os gurizinhos sujos brincam um pouco mais lá adiante, enquanto a corja aqui se refestela na porta do barraco esperando a cerveja quente que aquela botequeira safada não traz. Não temos muito que fazer, então não fazemos. Coisas de que tipo quando não se tem certeza do que se quer? Os guris empinam a pipa à maneira deles, mais ou menos acertada, não somos ninguém para tentar ensinar que, puxando daquele jeito, vai acabar enganchando na rede de alta-tensão. Morrendo um é só mais um. Morrendo dois, a gente sabe o que é que é. E é o que for. Se for a cerveja preta eu não quero, porque acho profunda e irritantemente doce e, ademais, cerveja preta é para mulher que quer ter leite. Eu não quero ter leite. Não me agrada leite saindo das tetas. Nunca entendi por que homem tem que ter teta. Uma vez, no calor, saiu um caldinho, a tetinha estava meio ouriçada. Quando estou com tesão, a teta fica assim, também. Não gosto que chupem a minha teta, porém. Se a mulher quer chupar alguma coisa, que chupe meu caralho e deixe minhas tetas em paz. Chamar aquela mulher de botequeira me lembra das boqueteiras. Para que falar de sacanagem, quando tudo o que se espera é a merda da cerveja quente? Foda que é a única que se tem por aqui, e que aquela safada demora para trazer.

5. Romântico

Uma gola rulê muito, muito alta. Vento — sim, talvez algum vento nos cabelos, porque vento nos cabelos sempre fica estiloso. Pode estar sentada em um café, embora soe um pouco burguês, mas um café me parece o cenário ideal para tais devaneios. O dono, e é sempre ele que atende, caminha até você e, nessa hora, você faz um gesto vago, sem parecer antipática ou coisa parecida, dando a entender que, por enquanto, não quer nada. Só ficar por ali e observar um pouco. Só um pouco, ao menos por enquanto. Ele diz que tem de pedir alguma coisa, não ligando para o seu silêncio e o seu ar de poeta sofredora com uma caneta bic com a tampa roída em uma mão eternamente suspensa. Você ainda tenta lançar um olhar que revele toda a amargura existente no seu coração enlevado, mas ele não liga muito e coloca o cardápio na sua frente.

6. Detalhes

Talvez alguns poucos momentos de isolamento e nada mais será preciso. Já terá a medida certa para julgar-se um pouco melhor e talvez possa tecer opiniões menos preconceituosas. Também, pouco importa. Não capta muito bem a ordem atual dos acontecimentos, mas se mantém, ainda assim, atento, os olhos vidrados e a respiração compassada. Limpa o sangue em toda a volta e titubeia entre lavar a faca na pia e levá-la consigo embrulhada em um jornal que serve de forro para a cama da cachorrinha Pequetita. Pequetita se manteve quietinha o tempo todo e, para falar a verdade, não parecia a melhor amiga do homem. Continua estática a um canto, não se importando nem mesmo quando tem seu jornal retirado de baixo de si. Sobe para o sofá e ensaia uma volta em torno para afofar o lugar antes de cair em sono profundo. As luvas! Não sabe o que fazer com as luvas. Olha o quadro sobre o armário e se encanta com a menina ruiva de muitas sardas. Será que é filha? Talvez se sinta só. Poderá pensar nisso depois, mas, por enquanto, precisa ainda achar detergente no armário embaixo da pia.

7. Pampa

A coriza congelava tão depressa que formava um bizarro bigodinho de chaplin ranhento no guri que ia ver a geada. Levantava um vapor do gramado conforme o sol se pronunciava mais intensamente e começava a fazer fenômeno científico naquela estância de chucros. A vó gritou Guri, entra e vem tomar café!, mas o guri correu mais para longe, perto da estrebaria. Os cavalos não relincharam e não foi daquela vez que o guri conseguiu ver cavalo deitado. Voltou para casa e perguntou se tinha chimíer. Quando a vó riu, mostrando os dentes, descobriu por si só.

8. Revolução

A Margareth. Igual a todas as outras: coque no cabelo, uniforme azul-ciano, base no rosto e o maldito batom rosa-bebê. A Corporação era quem dava a diretriz — o padrão estético, segundo eles, era resultado das mais esmiuçadas pesquisas de tendência para a aceitação do visual das atendentes de grandes corporações. Margareth odiava a Corporação, mas a grana era boa e ainda recebia desconto nas mensalidades da sua faculdade. Ruim era o restaurante da Corporação. Comida pior que de colégio municipal. Não valia o esforço do maldito batom rosa-bebê.

Três anos de Corporação e ainda o batom rosa-bebê. O uniforme, design novo, uma faixa branca na lapela. No coque, uma telinha de renda para adornar o penteado. O batom, o mesmo. Começou a organizar uma rebelião. As gurias não ousaram, não queriam arriscar o emprego. Um tom acima!, pediu a Margareth para a moça da avon. De rosa-bebê, passou a usar o rosa-681. A vó nem notou. O vigilante que ficava zanzando em frente ao seu balcão de atendimento todos os dias também não. É certo que olhava para a sua boca. Também. Mas não notou. Na hora do lanche, as gurias horrorizadas, dizendo que Margareth iria ser demitida. Margareth nem ligou, chamou-as de bobas. Bem assim. Sabia que estavam com inveja, não tinham coragem de ousar como Margareth. Azar o delas.

No outro mês, o rosa-683. Margareth não era boba. Fechava o batom com a tampinha do rosa-bebê. Na frente da supervisora, era como se ainda usasse o antigo. Margareth começou a achar o trabalho mais agradável. Não sabia bem por quê. O batom, talvez. Mais sensual. Notava os homens se demorando a perguntar onde ficava o prédio onze. E o vigilante mirando sua boca, também. As gurias quase nem falavam com ela. Era a ousada, a rebelde. Quase devassa. Em julho, não se aguentou. Achou o rosa-paixão divino. Como as gurias já nem lhe dirigiam a palavra e tampouco a supervisora lhe mirava os lábios com precisão, chegou naquela tarde com os beiços em encarnado. O vigilante comentou, as gurias resmungaram algo como hmpf! antes de lhe virar a cara e ela achou em excesso o interesse de tanto homem a lhe perguntar onde ficava o prédio onze. No fim do expediente, a supervisora disse que queria falar com ela. Ainda arranjou tempo para ligar para a moça da avon e pedir o vermelho-rubro. Achava que ficaria bem com o tailleur vermelho-sangue com que passaria no dia seguinte no departamento pessoal.

9. Carinhoso

Três. Três velhinhas sentadinhas no banco da praça e balançando as perninhas. Dando. Pipoca para os pombos. Pestilentos, cabeça cheia de piolho. As velhinhas. Rechonchudas, as três. Aquela cara de vó. A balançar. As perninhas das três velhinhas sentadas no banco da praça dando comida para os pombos. Bonitos, os pombos. Mas as cabeças cheias de piolhos. As velhinhas a balançar não se importam ou nem têm consciência dos piolhos nas cabeças dos pombos. São tão pequenos que nem se enxergam os que rumam para os dedos da velhinha que gosta de acariciar o pombinho manso que come pipoca na sua mão.

E quando chega em casa, já à tardinha (jogou bingo, comeu pizza fria e perdeu quarenta e oito dinheiros), dá uma passadinha no quarto do neto para fazer um carinho antes. De ir ao banheiro. Lavar as mãos.

10. Este instante tão solene
Ele vinha batucando no chapéu um desses antigos sambinhas de roda. Fez um espetáculo ajoelhando-se somente até onde não pudesse tocar sua calça branca no chão sujo da Borges. Me espantei com sua flexibilidade. O dono da livraria estranhou o meu arremedo de turista-querendo-sambar-em-visita-no-morro, mas não podia deixar seu Cleto dançando sozinho. A verdade é que sem o terno branco e o chapéu panamá, eu não constituía uma das visões mais felizes de se ter à beira da morte. É o que deve ter pensado o gordo que se distraiu com o meu gingado e acabou embaixo do Linha 37 que passava a milhão.

Pequena resolução de ano-novo

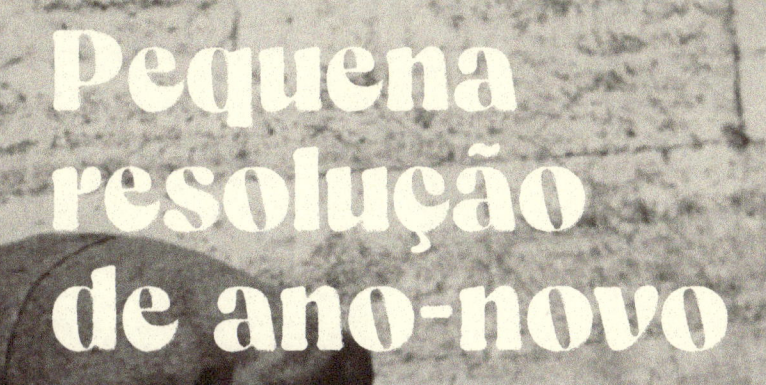

> No nove, no oito e no sete, me apertou a mão e riu, maliciosa. Se Liana me visse assim, em pleno réveillon...

Adriano de Severo,
Festa em nosso quintal

Quando eu o encontrei pela segunda vez em frente ao restaurante, ele tentava se desviar dos pingos da chuva. Assim que me viu, abriu um sorriso que denunciou todos os seus dentes inexistentes e pareceu crer que eu me aconchegaria no seu cobertor imundo e cheio de rastros de ranho. Com todo um cerimonial ao mesmo tempo deprimente e tocante, encostou um dos joelhos no chão, abrindo os braços, e, à minha frente, enfiou o naco de pão entre os dentes como quem morde uma rosa com todo o cuidado. Era um misto de figurante de peça de Shakespeare e cachorro pedindo comida.

Ainda que contra os meus princípios convenientes de pequeno burguês, favorável às ideologias apoiadoras de sistemas governamentais que garantam a subsistência dos desvalidos — contrário, portanto, ao ato de dar esmolas a pobres-diabos que cruzam comigo pela rua a toda hora —, saquei da carteira e, em uma esmerada inflexão dos joelhos, procurando dar continuidade à representação por ele iniciada, me estiquei o máximo que pude para lhe alcançar uma nota de dez dinheiros.

Não me dei por conta de que uso daria à quantia — não me importava o destino final do dinheiro que lhe entregava. Ele pegou a nota, dobrou-a em sete pequenas porções e a enfiou dentro do naco de pão. Reclinou-se com um floreio, socando o pão no bolso, e foi remexer a lixeira do bar do outro lado da rua. Ana, ao meu lado, me disse que eu era um imbecil por dar dinheiro ao homem e que ele iria encher a cara de cachaça. Pensei que, mesmo sendo ainda o último dia do ano e que minhas resoluções começassem a vigorar somente a partir do próximo, não ficaria bem quebrar os dentes de Ana. Ainda tínhamos que chegar à casa de Clóvis para a festa.

> O vô pedia para eu ficar, mas eu não gostava dos dias no interior. Só de colocar brita nos trilhos e esperar o estouro das rodas do trem!

Miguel Amaral,
Quando em Bagé

As pernas flácidas de dona Ataíde

Das últimas coisas que eu ainda me lembrava quando voltei à casa, faziam parte a caneca metálica — corroída pela ferrugem e sempre depositada em cima do velho filtro d'água, dos antigos, feitos em barro —, e o gato, velho e gordo, com uma idade que eu não me atreveria em momento algum a especular. Sobre ele, as lembranças eram ainda mais vívidas do que sobre a caneca, uma mera caneca (o que há para se lembrar dela, afinal? Servia para beber a água com gosto de terra, e só).

    O gato, lento, mas particularmente traiçoeiro, me espreitava do seu canto, perto da porta por onde entrava um filete de sol mesmo nos dias mais frios, e parecia se arrastar com um sofrimento infinito até perto de nós quando eu ousava me aproximar de dona Ataíde. Ela ria, dizendo que ele tinha ciúme dela e não permitia que ninguém chegasse perto. Pegava o bichano no colo, depois de esperar com paciência que ele conseguisse romper a distância ínfima, mas olímpica para sua quase total falta de mobilidade, e o postava sobre seu colo, cobrindo a cabeça e as orelhas carcomidas com tantos afagos que o bicho ronronava e fechava os olhos, entregue ao prazer. Ao fim de tudo, eu nunca conseguia conversar com calma com dona Ataíde, porque aquele bicho me punha nervoso. Entre olhar a velha e cuidar os olhos do gato que, quando abertos, me fitavam profundamente, eu recitava uma meia dúzia de frases e dizia que era hora e tratava de sair logo dali. Ela sempre com seu fica mais um pouco, tu nem tomou o café, mas eu nunca consegui me acostumar com a presença daquele felino balofo.

Dois verões depois e outras visitas ainda mais esparsas que eu sempre lhe reservava, dona Ataíde, já cega pela catarata, ainda lamentava, e sempre acabava em choro ao lembrar o seu desespero quando o vizinho encontrou o gato coberto por uma pesada pedra.

Eu nunca lamentei.

Finados

> Se eu rezar bem forte, bem forte mesmo, acho que Deus vai me escutar primeiro e me dar os desejos que eu quero ganhar. E as outras pessoas também vão ganhar seus desejos depois.

Ramirez Florencio,
Natanael ajoelhado

A mãe pedia que rezássemos pelo pai. Nós não sabíamos aonde o pai tinha ido, mas rezávamos, a mãe pedia e nós rezávamos. Nos dias em que tínhamos que acompanhá-la até o cemitério, era pior. Comprávamos as flores, ajudávamos a mãe a limpar a sua sepultura, sempre tão cheia de inços, e nos púnhamos graves, tão sérios como seria estranho ser para a idade que tínhamos. Os anos de falta do pai já tinham passado. Nos primeiros tempos, doía tanto que chegávamos a passar mal. A Marina ficou dias sem ir ao colégio, chorava noite e dia, chorava tanto que eu achava que ela ia morrer também. Como eu era o único homem da família então, devia me manter mais duro, ao mesmo tempo tentar parecer mais sério, ainda que me doesse até os ossos fingir retidão na frente da mãe e da mana e de noite chorar como um condenado a falta do pai. O bom é que éramos pequenos o suficiente na época, se fosse hoje, talvez fosse mais dolorido, se o pai desaparecesse assim, e a mãe chegasse e nos dissesse que ele tinha morrido. Como não vimos corpo, não choramos o defunto, ficava ainda mais difícil se dar conta de que o pai tinha mesmo morrido. Para a mãe, eu não sei bem como foi toda a função de provar que o pai morreu, éramos tão pequenos e ela tão só, correndo de um lado para o outro, toda a burocracia e a papelada para mostrar que sim, seu marido tinha morrido; mesmo não tendo corpo para enterrar, ela queria uma cerimônia religiosa e padre e toda a gente chorando em volta de um caixão que não tinha defunto dentro. Suas roupas, somente. Acho que tinha umas roupas suas que a mãe colocou ali dentro, dizendo que eram parte do pai e que devíamos chorar também porque o pai tinha morrido e devíamos sentir a sua falta e agora eu era o homem da casa.

Depois, mesmo com toda a catequese e a crisma e a comunhão e tudo aquilo de que a mãe fazia questão, porque se apegava demais a Deus e dizia que era devota de Virgem Maria, nem Marina nem eu fazíamos de coração. Não queríamos aborrecer a mãe, então não tinha cabimento que nos colocássemos como um desses moleques mimados que tinha no colégio, que recebiam tudo de mão beijada e ainda reclamavam para a mãe se ela não lhes dava a marca do tênis que haviam pedido. Eu nem conhecia as marcas de tênis. Vestia o que a mãe podia comprar para mim. Assim também era Marina. E, hoje, pensando bem, até me surpreendo que fôssemos tão boas crianças, éramos sim. Somente quando eu cresci um pouco mais e comecei a trabalhar e pude comprar as coisas para casa e continuar a pagar o aluguel da sepultura que era cara para danar lá no cemitério do Centro é que pude também comprar uns agrados para Marina, pobre de Marina, sempre com seus vestidinhos remendados que herdava da mãe, e umas coisas para mim, e então comprei um desses tênis bonitos porque as moças no baile gostavam, mas nem importa, porque, no fim das contas, também não olhavam para mim. Diziam que eu era filho do finado que não tinha.

Finado que não tinha, pois não tinha o corpo, todos da cidade sabiam que enterramos o pai em espírito, que era como a mãe falava. Um enterro digno como bom cristão que era para ter um lugar no céu, e onde estivesse seu corpo, estaria na paz do Nosso Senhor. A mãe dizia paz do Nosso Senhor, e eu me lembro de Marina e eu repetindo ajoelhados ao seu lado, em suas orações compridas, especialmente no Dia de Finados. Eu sei lá por que inventaram um dia para os mortos, esses mortos que sempre é preciso acalmá-los, parece que sempre querem um agrado, que rezem por eles, senão se põem aborrecidos e acabam atazanando a paciência dos vivos aqui, mas se tem o Dia dos Finados, que seja, que façamos o que é preciso fazer, então, porque não discuto muito essas coisas de convenção que as pessoas inventam e se inventaram temos mais é que respeitar e cumprir. E que mal há de num dia só rezar por eles se eles ficam mais calmos assim?

Depois, não custava nada, mesmo estando já mais velho, ainda que não quisesse sair de casa e me juntar com Dora (a mãe já estava velhinha e queria ficar e cuidar dela antes que se fosse para junto do pai). Podia ajudá-la a ir até o cemitério, limpar os inços com ela e deixar a sepultura do pai tão bonita, lustrar o vidro da foto dele já tão embaçada e trocar as flores com a mãe, coisa que ela mais gostava de fazer. E mesmo que eu já adulto, agora sim que não acreditava mais nessas coisas da igreja e que as almas vão para um lugar tão bom, eu acho que quando a gente morre já era e pronto, fazia o que a mãe queria para ela ficar feliz, e se ela dizia que o pai estava nos olhando, estava num lugar melhor e ficava mais contente da gente limpar sua sepultura, eu fazia, o que é que eu não fazia para deixar a mãe feliz?

Quando a mãe estava na beirinha da morte, juntou um monte de gente, já que a mãe era boa e todo mundo gostava dela ali em volta e mesmo que falassem pelas costas que era viúva do finado que não tinha. Mas as gentes são tudo assim, o povo fala mesmo e que se há de fazer, se depois, quando precisam da mãe, pedem ajuda e fazem de conta que não falaram nada? Como a mãe era tão boa, fazia que não escutava, por isso ela nem gritou com ninguém quando ficaram tudo à sua volta rezando por ela, nem o turco que lhe cobrava o olho por qualquer fazenda que ela precisasse para as suas costuras, até ele estava ali, rezando, sei lá de que religião são os turcos, e se eles acreditam em Deus, ou ele só estava ali para fazer fita. E, nessa hora, era todo mundo amigo, mas só eu e a Marina que segurávamos a mão da mãe como ela queria, era só isso que ela precisava para morrer em paz. E ela disse que bom seria se nosso pai estivesse lhe esperando para recebê-la e ficarem juntos para sempre. Por isso é que eu não sei (não sei, pois depois ele foi embora), se ela estava falando do pai que ia recebê-la lá no céu ou se começou a devanear quando fitou o homem que entrava lá em casa, que nem eu nem Marina conhecíamos, mas que a mãe começou a chamar pelo nome do nosso pai, e como a mãe já estava delirando, nem ligamos, nem nós nem o homem também, devia ser um amigo de longe, já velhinho como a mãe, embora todo mundo tenha achado tão estranho, e eu também, é verdade, que ele se parecesse tanto comigo.

Epifania

(Porque existe
Propriedades de um sofá,
de Julio Cortázar)

Em casa de Samara, existe uma janela para se tomar decisões importantes. Sempre que é necessário entrar em acordos cruciais, definir de que forma serão feitos tais e quais procedimentos, se toma o rumo do quarto que Samara divide com sua irmã Nanci. Daí, o ritual pede que se debrucem sobre o batente da janela como quem vai somente olhar a rua e comentar como andam gordos os vizinhos da frente e que estranho é o modo daquele sujeito pardo caminhar e, sem elegância alguma — porque, afinal, não é um gesto nobre, não é um momento de dádiva singular e não aparece nenhum anjo do Senhor empunhando uma espada flamejante para lhes trazer a sabedoria divina: é somente um momento mágico a que todos em casa de Samara (bem como seus agregados) já estão acostumados desde sempre e para todo o sempre —, dobrados como ao olhar de quem vai espiar a vida alheia, são discutidos alguns argumentos, levantadas algumas questões, redarguidos alguns prós e contras e chega-se, sem embate, sem virulência, sem níveis altos de voz à esperada solução final. Então, os presentes na contenda tomam os rumos dos seus afazeres, voltam às suas vidas comezinhas e, não digo a felicidade, mas a aceitação dos tamanhos e métodos das coisas torna todos em casa de Samara tão satisfeitos.

Não se pode dizer que exista a felicidade em casa de Samara. Existe satisfação, isso é bem verdade. Comodismo impetrado pela facilidade de resolução que a janela trouxe para suas vidas. Falta de diálogo fora do retângulo de quando a janela envolve os seus corpos. Fora da janela, não há conversa que não seja trivial, não há afago que não seja automático, não há discussão que não acabe em violência. Em casa de Samara, para que não haja risco de que os sentimentos se abalem fora da sensatez que abriga a janela, escolheu-se viver uma vida pela metade, olhar de viés para que os ânimos não se incendeiem e fingir que tudo deve ser assim mesmo, porque, afinal, quem tem uma janela como a janela que existe em casa de Samara?

Samara e todos os demais não discutem como as coisas se dão fora de sua casa. Os agregados de Samara aceitam quietos o que lhes é colocado no prato, comem de cabeça baixa para que a refeição seja consumida logo e possam voltar a fazer nada e pensam que contatos físicos mais demorados podem pôr fim ao funcionamento desse estranho objeto mágico encaixado na parede que dá frente para a rua e que não mostra nenhuma outra vista que não seja a medíocre, acinzentada e urbana de sempre. Em casa de Samara, se pensa que as coisas estão bem já que estão e quando estão assim.

Outro dia, entretanto, estabeleceu-se uma altercação sem justificativas entre todos os integrantes de casa de Samara. Discutiu-se tanto (e sem que estivessem preparados para isso, uma vez que evitavam dirigir a palavra uns aos outros para que não houvesse o risco de que uma discussão como essa pudesse ocorrer sem que estivessem todos envolvidos pelo retângulo maravilhoso da janela do quarto de Samara e de sua irmã Nanci) e de maneira tão veemente, em bramidos nunca ouvidos naquela casa, com tamanha alteração de ânimos, que todos os habituais passantes, acostumados a vislumbrar os dois ou três que se reuniam comumente na janela de casa de Samara, aturdiram-se com o acontecido. E pararam em frente da janela de casa de Samara. E ouviram os gritos e os choros em casa de Samara. E perguntaram-se o que estaria acontecendo em casa de Samara.

E alguém, e não se sabe quem, da rua gritou: "O que acontece em casa de Samara?". E todos em casa de Samara fecharam suas bocas, crisparam seus dedos e congelaram suas ações ao ouvir a pergunta. E todos se olharam e ninguém soube explicar o ódio que lhes ia ao coração e esperaram que alguma ação externa se fizesse. E alguém, e ninguém sabem dizer quem foi, da rua gritou: "Por que não há ninguém na janela de casa de Samara?". E todos, exatamente todos em casa de Samara se deram conta da inutilidade de seus gritos, da estupidez de sua violência, da imbecilidade de sua intolerância. E eles meio que riram (porque ninguém ri muito em casa de Samara), perguntando-se — não perguntaram uns aos outros — por que discutiam e que ira movia suas ações. E sem que fosse preciso mais intervenção alguma de alguém da rua, eles tomaram o rumo da janela no quarto de Samara e de sua irmã Nanci e se puseram em silêncio sob a sombra que o retângulo de madeira que lhes envolvia formava em suas nucas.

E sabe-se, embora nenhum deles tenha dito isso, que um instante como de epifania se fez. Porque nunca mais foi preciso e, realmente, porque acreditaram que essa foi a instrução que lhes foi dada, nunca mais se trocou uma palavra entre nenhum integrante de casa de Samara.

Antes da noite chegar

> "A literatura não é outra coisa senão um sonho dirigido."
>
> Jorge Luis Borges

Passadas as dezenove horas e o papel preso à máquina ainda é uma pergunta em branco que insiste em perturbá-lo, a lembrá-lo da necessidade de preenchimento. O escritor faz uso das memórias mais recentes, recorre aos livros que estão ao alcance de suas mãos logo ali, na estante, e sabe que percorrer as páginas é mais que um convite à inspiração — inevitavelmente, fará sua alguma trama que lhe entrará à memória, mesmo que travestida de novo argumento, como se vivenciada em nova situação fosse. Para o escritor, as dezenove horas passadas são mais que horas de desespero: entrando as vinte horas, sabe que a inexistência de palavras marcadas nas folhas de papel ofício serão mais do que a certeza de sua ineficiência momentânea, de sua falta parcial do que escrever; será, no seu desespero absurdo, a concretização de sua incompetência, a prova de seu erro em querer aventurar-se pelas letras para dar algum sentido que insiste ser mais do que mera vaidade, que faz questão de justificar como a sua expressão artística. Ao fim do dia, não preenchida a página, ao escritor não restará senão a amargura de mais uma noite pronta e mais um dia inutilizado. Se cada dia é a possibilidade para preencher de maneira fundamental o papel, seu inapelável instrumento de trabalho, o dia perdido à contemplação do tema, à procura da criação da história, à fundamentação de suas memórias é como um tapa seco e indiscutível, o veredito que não precisa ser-lhe informado por outrem — é o escritor próprio quem percebe que, findo um dia inteiro a observar o papel preso à Facit, a procurar pequenas ocupações que lhe sirvam como alívio de pensamento: o cigarro que não fuma, o café que não bebe porque está quente demais e o quarto por demais abafado e ainda sem ventilador, terá a resposta que nem tem coragem de perguntar em voz alta a si mesmo por temer a confirmação. Uma página em branco no fim do dia do escritor é o fim do dia do escritor.

Não obstante, o telefonema que não flui como a maioria das vezes já foi a resposta à incapacidade do escritor em fazer-se ao menos eficiente nas coisas do relacionamento. Nem nisso o é. O monólogo que lhe chega pelo fone, os argumentos imbatíveis que a outra lhe apresenta, o choro que não tem palavras para controlar, as ofensas que lhe são jogadas sem que tenha justificativas para amenizar, empurrariam o escritor no fosso mais profundo de tristeza, não tivesse o escritor pretensão de transformar mesmo as mais doídas experiências de vida em material para seus escritos.

Mas nem isso o escritor consegue. Ao fim do telefonema que não tem forças para retornar, ditas as barbaridades que não tem razão para contestar, machucado o seu coração que não tem maneiras de curar, o escritor nem isso consegue transformar em ficção. O medo que lhe toma é de quedar-se na confissão banal e abominável. Para o escritor, cento e cinquenta laudas não preenchidas a uma página que seja de confissão gratuita e adocicada de sentimentos magoados. Prestes a findar o dia a contemplar paredes brancas, a folhear livros cujas frases já lhe são memória e a acariciar com os dedos dos pés os cachorros que insistem em rodeá-lo, o ofício do escritor é nulo como a parede que o pedreiro não levantou — a página em branco a fitar o escritor, pedindo-lhe providências, é um som de alarme tão exasperante que o escritor nem tem coragem de abandonar o local do incêndio: sente pena de si mesmo quando a água de emergência molha seu terno amarfanhado, embaça seus óculos grossos demais e não lhe é fria o suficiente para fazê-lo mover-se um triz sequer da cadeira em que se mantém prostrado para continuar fitando (ensandecido seria se não fosse triste pela constatação) o papel que em empáfia lhe inquire sobre o porquê de seus dedos tão crispados, seus argumentos tão pobres e sua mente tão embotada.

A página em branco à frente do escritor é o seu desafio de todos os dias. O som do tipo a preenchê-la com palavras que se vão concatenando é a realização de sua vida. A história que se vai revelando através da tinta invisível que se mostra conforme as teclas são pressionadas pelo escritor é o pagamento pelo dia inteiro de sofrimento mental, não pelo branco, mas pela confusão que se lhe forma em mente e o impede de discernir o que é necessário, o que é propriedade de outrem e o que é inadmissível que lhe ronde os pensamentos.

As teclas compondo sinfonia aos seus escritos é mais do que toda a música que o escritor desejou ouvir em um só dia. Passado todo um dia em que a mediocridade do escritor foi tamanha que se tornou um diletante do ofício à mercê de sentimentos românticos de inspiração e seus métodos foram ineficazes para conseguir fazer de um dia, um dia de trabalho, ainda assim ter certeza de que a história que começa a compor é uma história que, antes da noite chegar, terá valido todo o dia de inexatidão, já lhe é a recompensa mais do que merecida, o alívio que o faz sentir-se merecedor desse título tão inebriante quanto vaidoso, mas tão simples quanto necessário. O escritor se reconhece em seu ofício e sabe que a noite pode vir definitivamente.

Um tio

"Ele passou a vida inteira dedicado a uma teoria qualquer, que o impedia de ir a bailes, aproveitar a vida e se portar como um homem deveria. Enclausurado, esta é a palavra."

Fabio Buss,
Meu tio Bauman

Só mais um tio, no fim das contas. Não um ente querido pelo qual tivesse particular predileção, um carinho todo especial que merecesse seu choro desvelado, seu real sentimento de comoção. No fim de tudo, era só um tio. Próximo o bastante por ser irmão de sua mãe, distante o suficiente para que não se sentisse comovido em toda sua verdade nem tivesse que se sentir tão culpado por não conseguir chorar sua morte como bem certo seria que o fizesse. Mas se assim era o certo, por que não o faz? Porque só consegue pensar, durante todo o trajeto, que tudo aquilo é um perfeito tema para um conto, uma grande história e não é mesmo, mãe? Não se preocupe que agora ele descansa, já não era sem tempo, porque o tio estava vivendo mal e foi melhor assim porque Deus sabe o que faz. Em fluxo de linguagem, talvez, assim poderia revelar o que ia ao pensamento do personagem — e não era ele mesmo o personagem? — como um jorro, a emoção brotaria, com certeza que mais do que naquele instante, e tudo o que consegue imaginar é como o pesar de sua mãe ficará tão belo quando transposto em texto literário. Não é inverdade que se concentrará em eliminar os exageros, todas as lamúrias que puderem comprometer o resultado final da obra, tornando-a tão somente um emaranhado de choradeiras e memorialismos piegas. Seco. Incisivo como só é próprio dos grandes escritores. Econômico, lacônico: assim, conseguirá transformar aqueles instantes embaraçosos em uma peça triste, com a superioridade que a tristeza bem escrita é capaz de conter. Depois, no entanto. Agora, precisa ser partícipe. O ator escolhendo o timming certo para o choro sem exagero, a mão pousando suave por sobre o ombro da sua mãe e o menear afirmativo, concordando com algum comentário qualquer que o pai, prático, emite e que na verdade não sabe do que se trata. Trai-se às vezes. O distanciamento crítico para observar os pormenores vívidos da cena em alguns instantes o tira dali, o situa em uma esfera tão alheia que tem que pedir que a mãe, entre fungadas, repita a frase desconsolada qualquer que acabara de falar. Aí percebe sua deixa, não mais obedece às suas falas, isso porque suas falas só serão inseridas mais tarde — agora, é o improviso, a dose certa entre a sisudez do filho que vem para apoiar a mãe nesse instante tão solene e o sentimentalismo de quem também se deixa envolver. Cuida para que o choro não soe falso, forçado, inverossímil. Odiaria imaginar-se chorando assim. Em verdade, bem gostaria de se ver chorando copiosamente, sentindo a dor contra a qual não há luta. Mas o choro não vem porque é cínico também para isso. O choro é raso, escasso, ralinho. Não chora porque não imagina que cena virá em seguida ao choro. Não chora porque não tem certeza se quer ali encerrar a sentença. Não chora porque sabe que, depois, já em casa, quando estiver escrevendo a palavra choro, tudo o que poderá fazer é rezar para que o novo parágrafo seja tão envolvente quanto o primeiro, depois que colocar o ponto.

Sozinho, no velho casebre em que morava. Foi assim que encontraram o tio. A mãe fala, durante o trajeto, que foi o pai que o achou lá depois de arrombar a porta porque o tio não respondia. O pai, dirigindo, não corrobora nem nega a versão. É só silêncio. Volta e meia, intervém com alguma observação que os lembra do que precisam fazer, uma certa burocracia junto à funerária e outras questões que ficarão sob sua responsabilidade. O tio estava roxo, caído por entre panelas e louças. Detalhes que não escapam à mãe e também não a ele, pensando que ela recorre a esse nível de descrição para poder desviar o pensamento para outra coisa, que não o próprio irmão, roxo, caído por entre panelas e louças. Quando fala isso, ela deve fixar seu pensamento nas panelas e louças. Certo que é muito mais reconfortante que seja assim. Ele, o filho, fixa seu pensamento nas panelas e louças para imaginar como seriam — há muito não ia à casa do tio. Velhas panelas e louças, é certo. Quebradas, com restos de comida sobre o corpo desajeitado esparramado do tio. Fixa a imagem para poder descrevê-la mais tarde. Não pretende abarrotar o conto (será um conto tão somente? Ali não há material para uma novela, talvez?) de pormenores, não gosta assim. Mas fará observação de como a mãe pensa nas panelas e louças para desviar o pensamento do próprio irmão roxo, caído. A ele não impressiona a morte do tio, pensa que é consequência natural de uma vida passada entre botecos e garrafas plásticas de bebida barata. O que o espanta mais é a facilidade de não se emocionar, conseguir desviar os olhos para o chão de terra batida e as crianças barrigudas próximas à estrada onde o pai faz atalho. Também não há assunto que não aquele mesmo: os pormenores extraídos entre um e outro choro da mãe e a anuência do pai que finge se concentrar no trânsito só são interrompidos quando ele pergunta como a avó reagiu a isso; é a frase secreta para a mãe desandar em soluços, o pai olhando-o com os lábios retesados pelo espelho retrovisor.

Quando chegam à casa da avó, há as pessoas que não conhecem à volta, expressões envergonhadas como se não bem soubessem sua função por ali; no caminho, receberam o telefonema do tio Mauro, o mais novo dos irmãos da mãe, que parecia tomar um pouco conta da situação já que nem mesmo aquele fato seria suficiente para que tio Jordano aparecesse. Segundo ele, a avó estava bem depois de uma queda de pressão, uns sais providenciados pela Lô tinham dado conta.

— Agora parou de gritar — resumiu tio Mauro, que ficava perto da porta como se selecionasse os coadjuvantes (aquele mulato ficaria bem para compor a cena). — Conseguimos convencê-la há pouco de que não vamos levá-la para ver Solano enquanto não estiver preparado pela funerária.

Tenta não esquecer a expressão de surpresa do tio ao vê-lo, um comentário qualquer sobre a barba. Que não o reconheceria em outro momento se o visse por aí com aquela barba, nem o abraçaria como um sobrinho. Essa coloquialidade, dita por entre um leve esgar de lábios, tentativa de sorriso, lhe parece mais rica do que seu aspecto todo. Desiste de registrar os olhos vermelhos e a calvície que nem tinha visto ainda tão proeminente, não se estenderá em descrições físicas que possam minimizar ou influenciar na percepção do personagem. Quem não sabe como fica alguém que acaba de saber da morte de um irmão?

Há gente demais com poucas funções definidas, as lamentações constroem a atmosfera de que precisa, mas não consegue deixar de imaginar figurantes contratados, gente cinza demais que nunca viu e nem imagina que relação tenham com sua avó. Certo que há ali uma senhora que desempenha papel bastante funcional, solícita, levando louças para cá e para lá, indagando em silêncio a um e outro, como se assegurando de que todos estão bem. A mãe, que vai à sua frente em direção a avó, ignora a todos solenemente, mesmo o meneio do homem com bigodes que dão a volta em torno dos lábios, o chapéu lustroso demais. Seu pai fica junto do tio Mauro, que permanece à porta da casa. Quando chega sua vez, envolve a avó, que não cabe toda em seu abraço. Atento ao velório, que parece começar a se fazer sozinho, lhe balbucia algumas palavras que combinam com o clima modorrento e parecem perfeitas para serem ditas bem perto do ouvido, perto para que a avó possa dizer obrigada por ter vindo, Bajo.

Não sabe de que maneira retribuir a coisa qualquer que a avó lhe conta. Seus comentários não serão vagos o suficiente para se fazerem convenientes ali. O que for diferente de era a hora dele, assim ele fica melhor, agora ele vai descansar e quetais não parece acertado, parece a ele somente a antecipação do texto que tentará deixar melhor quando estiver escrevendo o conto. Agora, há, portanto, a pausa — o instante em que, segurando as mãos da avó, pensa no que vem em seguida e lhe falta criatividade para o acalanto de palavras vazias: é perfeito que esse instante esteja inserido em novo parágrafo, é provável que aí o conto já tenha se estendido o suficiente, quando terá relatado nas primeiras linhas que era só mais um tio no fim das contas. Não um ente querido pelo qual tivesse particular predileção, um carinho todo especial que merecesse seu choro desvelado, seu real sentimento de comoção. No fim de tudo, era só um tio. E aí tudo já terá se estendido (o trajeto até a casa da avó, as pessoas cinzas que cercam por lá, o tio, já um tanto calvo, mas é bom que nem fale disso, não se demore em descrições físicas). O novo parágrafo garante um fôlego a mais, mesmo que lhe ocorra ser um estratagema óbvio para criar a ponte em um trecho que vem se mostrando bastante complicado no conto, ainda mais em uma peça literária que pretende envolver joguinhos meta-literários, sondagens nos interstícios da construção de um conto, enfim, toda essa coisa que se pretende profunda, participante da orgia da pós-modernidade e que, a bem da verdade, deverá seduzir meia dúzia de literatos, constranger uns outros três e indignar uns oito, insistindo em encontrar semelhança por demais com alguma coisa qualquer que Foster Wallace já tenha escrito[1].

Alguém, que nem imagina que relação tinha com seu tio ou sua avó, surge ao seu lado enquanto a avó é arrastada por Lô para tomar mais uma xícara de chá de camomila ou alguma coisa dessas que acalma. Pergunta sobre uma luta qualquer de boxe, está visivelmente embriagado. O tio e o pai os veem da porta da casa, é certo que compreendem a situação, mas somente acenam, indiferentes. O homem prossegue entrando em conta de alguns movimentos e golpes desferidos pelos lutadores, levanta um pequeno copo cheio até a borda com algo que cheira a álcool. Pensa que ele vai fazer um brinde ao vencedor, mas desanda a falar do seu tio, lembrando os bailes da Estudantina em que ambos se enfiavam nos carnavais. O gole vem brusco, um talagaço só, repleto de nostalgia. A vontade é guardar-lhe as feições gordurosas, o cabelo duro penteado a muito custo, um tipo chino, mas talvez seja estranho demais para parecer verossímil quando transformado em palavras. Ele prossegue, sem que precise incentivo:

— Solano tinha lá a solidão dele, mas o encantavam as festas da Estudantina, sabe? Era de um gosto particular, te-

[1] E é claro que estender este raciocínio em uma nota de rodapé será o tiro final, mesmo que possa ser visto — ainda que somente por aqueles mais espirituosos, pessoas divertidas que bem podem entender que literatura é, no fim das contas, um jogo — como uma provocação clara e redundante, um exibicionismo comprobatório de quem leu Foster Wallace e gostou e crê que pode se apropriar do recurso da explicação da estratégia sobre a estratégia. E, ainda que o uso do recurso possa ser inocentemente enquadrado como uma técnica legítima de explanação sobre algo que talvez não caiba entre vírgulas, travessões e mesmo parênteses que seja (o fato de se estender de forma que parece quase indefinida sobre o assunto, que é a análise do episódio sobre a morte do tio que deverá gerar uma peça literária e sobre a qual o personagem que também se revela escritor se debruça, questionando-se durante o processo em questão das minúcias que utilizará para escrever o conto depois e que, no entanto, é claro, está sendo lido neste momento por você, ou seja, presume-se que momentos após — muitos momentos, é verdade — o conto ter sido escrito, aprovado por um grupo de editores e ter sido entendido como uma peça artística que valia a pena ser inserida em um tomo maior que se convencionou chamar coletânea

nho que reconhecer... — Há o riso e ele vem entremeado pelo farfalhar de uma coisa qualquer que lhe irrita a garganta, porque pede licença e pega rápido da bandeja outro copinho que fede terrivelmente, a senhora solícita, em um movimento que parece uma genuflexão, se apura à cozinha. O conteúdo outra vez é sorvido em um gesto só, preciso. — Acho que gostava da encenação da coisa toda, sabe? — É apenas a segunda vez que questiona, retórico, mas é o bastante para lhe perceber o vício. — As cadeiras encostadas na parede, todas as mulheres com seu ar ausente, como se bem não quisessem que as chamassem para a dança. Solano gostava, penso eu, acho que mais da pretensão da cena toda. Umas coitadas, cheirando a loção Carmel, o rímel em excesso, sabe? Mas havia algo ali, meio falseado, meio armado, um tal e coisa de se solicitar para a gafieira, esperar a saudação do cantor e só depois entremear as coxas das mulheres com nossas coxas — o homem faz a pausa novamente; sem chance de transformar esses instantes que não são hesitação em algo que depois faça sentido na narrativa. Vez por outra, a parada vem porque o pigarro é forte, uma deficiência qualquer que aplaca com um golinho curto do copo

de contos e que deve estar embalado sob o nome *Um tio*, em um livro denominado *A sordidez das pequenas* coisas, muito provavelmente), concluir que ele se apoiou em referências bem-sucedidas acaba sendo a mais óbvia conclusão. Pois, não obstante isso, eis que o conto estará inserido nesta coletânea e o fato de isso estar sendo dito aqui, mais do que revelar a estrutura que sustenta a coisa toda, tentando acabar com o formalismo por trás da construção literária, também não pode ser visto como uma prática tão somente altruísta. Não é que o autor do conto em questão, no caso eu, autor do conto *Meu tio*, sobre um autor que escreverá um conto sobre a situação que está passando e que não o compadece, esteja querendo se mostrar solícito em desvendar as amarras, os bastidores ou ousando construir um debate literário sobre o já cansado conceito de "meta". A bem da verdade, é mais fácil crer que, se viemos até aqui, nos estendendo em uma nota de rodapé que há muito já extrapolou a extensão aceitável em seu padrão, é porque o autor se fascina muito infantilmente com a possibilidade de dessacralizar o uso de nota de rodapé, estendendo-a de maneira indecente e gerando um possível problema a mais a ser resolvido pelo diagramador do tomo geral em que o conto estará/está inserido. Também podemos crer que a utilização contínua e exacerbada de uma explicação em uma mesma nota de rodapé quer questionar — talvez com a utilização de todas as ferramentas semióticas que

que a senhora solícita não mais deixa faltar por ali, lubrificando a conversa. A bem da verdade, um monólogo. Não se esquece de anotar seu silêncio persistente, não interfere em nenhum momento no relato do homem, não influencia suas lembranças tentando cavar belas memórias do tio. Não sabe nada do tio, não tem por que tomar partido. Imparcial, deixa vir o que depois será ficção.

Nessa hora, já está sentado, mirando a mãe abraçada à avó, esperando que o homem recomece por si só a desfiar novamente as lembranças. O corpo de tio Solano ainda nem está presente, mas o velório parece ir a pleno vapor. Um grupo ali adiante dedilha alguma coisa no violão, as mulheres de olhos borrados; deve ser algo de que Solano gostava, pensa. O pai, ao telefone, envolvido com o que serão as burocracias sem fim com a funerária enquanto o tio Mauro permanece impassível, porteiro. Um menear de cabeça a decidir quem entra e quem não. Não gosta de se perder em descrições vagas, imagina o tédio que cenas assim não irão se tornar quando transcritas, se transcritas sem alteração.

— A mim incomodava um tanto a coisa toda, sabe? Não tinha a paciência de Solano, o concordar com a situa-

o autor, é quase certo, não domina — a necessidade da explicação da estratégia em si. Outra coisa: que tal se o autor quiser apenas mostrar sua capacidade de se apropriar de uma referência cultural, exibindo-se enquanto artista cool e antenado com tendências mais ou menos atuais que deverão (ele deseja isso, na verdade!) gerar um tanto mais de assunto para algum futuro resenhista/crítico que venha a analisar a qualidade artística do livro *A sordidez didez das pequenas coisas*, contribuindo para sua impressão positiva o fato de ter lhe agradado o recurso que o autor utilizou no conto *Meu tio*, mesmo sabendo e até por saber que este recurso não é original e sim emulado, principalmente — e é certo que não é original nem aí — do recurso muito utilizado por Foster Wallace em *Breves entrevistas com homens hediondos*, hein? E se for isso? Ou se o autor de *Meu tio*, por ter chegado em um parágrafo particularmente limitador de sua criatividade naquele momento em que escrevia o conto, às 23h43 do dia 18 de maio de 2010, definiu que iria fazer mais do que, no parágrafo, brincar com o fato de utilizar um novo parágrafo como estratégia para ganhar algumas linhas a mais, uma vez que o conto vinha se mostrando complicado por flertar com joguinhos metaliterários — e que, até então, não tinham utilizado o recurso da nota de rodapé, que pode conferir um caráter ainda mais "complexo" ao conto, mesmo que de maneira só visual, pois, se analisarmos bem, o conto é simples como ele só:

ção. Sempre fui sujeito prático, ia para o baile para me divertir, tirar as gazelas para a dança, não ficar de joguinho. Solano, que parecia muito gostar de joguinho, ria quando uma delas recusava a dança, não se fazia de ofendido, mandava beijos para as moças. Muito galhofeiro, Solano, mas você deve saber disso... — Não sabia, nem disso nem de coisa qualquer que fora dita anteriormente. Para falar a verdade, tudo poderia ser uma grande mentira, o homem poderia se divertir às suas custas. Talvez nunca soubesse. Não havia ali ninguém para corroborar nem para desmentir o que o homem contava. E se tudo fosse ficção, invenção do homem? Não sabia nada de seu tio, essa era a verdade. E alguma vez se preocupara com isso? Por que a atenção agora então? Por que é boa matéria para um conto? — Sinceramente, eu acho que tinha alguma coisa a ver com a morte de Celeste, sabe? Você deve achar que eu sou louco, mas conheço o homem quando está transtornado. E Solano andava assim, foi assim no último baile que fui com ele. Já chegou louco, se agarrando a uma chininha qualquer, a primeira que lhe riu com o dente meio torno. Não lembro o quanto bebeu,

um narrador contando sobre um personagem que é escritor e que pretende transformar em peça literária o episódio funesto que está vivendo naquele momento, com algumas impressões e observações em tempo real ao acontecido, um conjunto todo que só parece um tanto mais elaborado porque, óbvio, não foi escrito pelo escritor do conto, que nada mais é do que um personagem do autor real do conto, que é o mesmo autor deste livro, que tenta engrandecer tudo com comentários e táticas formais de como deverá ficar o conto quando escrito pelo escritor, que é personagem do seu conto (o autor deste livro, no caso, eu). E se o autor (eu) estivesse com o livro de Foster Wallace sobre sua mesa e decidisse pura, livre e inconsequentemente emular aquela estratégia, hein? Da mesma forma com que poderia, sei lá, utilizar-se da ironia ferina de Jonathan Franzen, outro autor com livro sobre sua mesa, se assim quisesse? E que validade isso teria? Qual o objetivo em emular de forma tão descarada autores contemporâneos que — estes sim — estão tentando criar recursos próprios e inventivos em sua literatura? E a maldita ironia da pós-modernidade não vale de nada? Isso seria simplório? Vergonhoso? Talvez. E divertido? E se o autor, muitas vezes, for só um maldito engraçadinho e nem tiver muito saco para outra gigantesca nota de rodapé e esta for a única, até para engrossar o livro com um conto de "forma" diferenciada? Será que isso terá alguma validade para os debates futuros da literatura? Será que o autor será chamado para tertúlias e explanações e festivais e será ele mesmo (eu) festejado como uma voz inventiva de sua geração? Hein?

na verdade eu me engalfinhei também com outra mais ou menos aprumada que estava por ali, sabe?

Faz sinal para a senhora solícita, ela vem rápido com mais um copinho. Desta vez, ele só molha os beiços, equilibra o copinho no braço da poltrona de vime.

— Agora, você imagina, alguém como Celeste. Você conheceu Celeste? Quem poderia confundir Celeste com uma chininha mal-ajambrada, corpinho fino? Quanto mais Solano, que viveu com ela. Fazer uma confusão daquelas no baile, chamando a chininha de Celeste, a pobre apavorada, os índios tendo que intervir porque seu tio ficou transtornado quando ela disse que não, que não era Celeste. Não tinha como confundi-la com Celeste, sabe?

A movimentação na porta de entrada, tio Mauro o chamando com os olhos. Entende que deve ser o corpo de Solano que chega. Levanta-se, deixando o homem ali, falando sozinho, a murmurar ainda coisas sobre Celeste antes de virar por completo o copinho que equilibrava sobre a poltrona. Não parece tomar tento à movimentação toda, segue tartamudeando. Vai até os fundos, a avó entende, ouve os sons na entrada e quer ir até lá, ver o filho agora arranjado no caixão. A Lô e a mãe lhe alcançam os sais que ela não quer inalar, ele não faz ideia de como vai terminar o conto: a avó chorando, desesperada, o caixão do seu tio sendo arrumado para começar as ladainhas, as velhas rezadeiras o cercando de orações? Pode voltar ao homem, pedir que termine a história, mas o que Celeste, e então? Alguma coisa mais que não sabe sobre o tio, coisas que não tinha a mínima ideia sobre o tio Solano. E então o conto, poderá terminar mais tarde o conto, com algo que feche, sublime, uma coisa qualquer que importe, uma coisa qualquer que ajude, algo bom para falar. Algo importante para falar, que gostaria de falar sobre um tio.

Verão em Porto Alegre

"É preciso esclarecer que, na primeira vez em que o vi, foi o torso algo imponente que chamou a atenção. Senhor de si, traduzindo o quão quente aquele dia poderia estar."

Elaine Costa,
Botafogo

Bom que no verão tinham a desculpa do calor para começar as conversas constrangedoras que, ao final, se resumiam mais a silêncios do que a trocas válidas de palavras que significassem alguma coisa além do que os olhares deles significavam. Sempre os comentários prosaicos sobre como tão quente está para quem fica na cidade, mas sempre haveria os que precisavam ficar, é certo, a máquina não se move sozinha nem todos têm a oportunidade de aproveitar todos os momentos a toda hora, mesmo os merecidos, ainda que estivessem os dois em férias como estavam. E risadas, claro que tinha risadas, e ele nunca recusava o copo d'água gelada que ela lhe oferecia, somente o copo d'água está bom — ficava olhando os CDs dela na estante enquanto esperava que se movesse até a cozinha e lhe trouxesse o copo. Depois, ele se levantava e emborcava o copo todo, de pé, ela lhe observando ao lado. Adorava as analogias de revista sobre o homem insaciável e queria lhe mostrar o quão insaciável era, virando o copo d'água gelada de uma vez só, sem titubear porque estava quente demais na cidade e eles, afinal, precisavam fazer o que precisavam fazer.

Era como explorar um reduto impenetrável. Entrar no seu apartamento, ela tão sozinha e sentar ao seu lado e ouvir as instruções de como deveria proceder com o trabalho com os arquivos. Tudo tão alvo, tão arrumado na sua simetria feminina. Aquele apartamento nas voltas da Independência em uma segunda-feira de calor tão insuportável era como entrar em uma outra dimensão. O suor, abundante tão somente pelo sol que veio recebendo nas costas durante todo o trajeto que percorrera, continuava a se manifestar naquela profusão agora provocada pelo nervosismo. Nem o copo d'água conseguia aplacar o seu calor: ela tão próxima e, ainda que tão doce, mantendo o rígido distanciamento que os separava — era uma professora, por certo; ele, um aluno se dispondo a lhe ajudar com alguns trabalhos no computador (porque os professores nunca sabem como mexer direito no computador) naquele verão de cidade quase fantasma, sol tão escaldante quanto os pensamentos que lhe surgiam em pontadas cada vez que entrevia um pedaço de suas pernas pela fenda pequena da saia. Conseguia estabelecer uma figura de entendimento pelo sorriso, o sorriso e o menear de cabeça; sim, entendia com perfeição. Mas lhe passava pela cabeça o que ia à mente da professora. Pensava se sentia falta de um homem, tão sozinha sabia que era. Não podia estar somente e o tempo todo voltada para seus interesses acadêmicos, os assuntos do seu mestrado. Em algum momento, aquele apartamento deveria lhe parecer alvo demais, todos os espaços deveriam lhe parecer grandes em demasia, sua cama por certo pareceria em determinado momento muito fria e lhe faria sentido esquentar o outro lado com um corpo que não fosse o seu. E ele não lhe pareceria assim tão moço, tão inexperiente. Evidente que algum encanto havia de encontrar nele também. Tinha o seu charme recatado que ele via e, por vezes, somente sentia vontade de embalá-la, confortá-la tão carinhosamente. Por vezes, lhe surgiam verdadeiras indecências, perversões de toda ordem a que gostaria de submetê-la, tão frágil parecia já naqueles seus idos trinta anos. E ele haveria de chamar-lhe a atenção de alguma forma — se não com seus braços definidos, ao menos com a jovialidade que ela, como uma intelectual, acharia atraente. Que balzaquiana não se imaginou nos braços de um rapaz como ele?

Mas eram pensamentos apenas. Devaneando dessa maneira tão desmedida, perderia todas as explicações que ela lhe dava. E se por acaso se atrevesse a um ato mal calculado, poria fim a todos os seus privilégios de bolsista e aí seria o inferno. O constrangimento seria tão maior do que o silêncio que se impunha naquele apartamento à tarde. Viriam seus gritos, seus impropérios e ele já se imaginava ouvindo coisas como indecência, desrespeito e outras que transformariam sua voz tão agradável em uma sucessão de manifestos indignados. Seria posto para fora, não tardaria para que soubessem seus atos na faculdade e iria se queimar em definitivo. Por isso, não havia sentido em continuar com suas pueris fantasias. Nem se enganar achando que a fenda da saia dela se encontrava um tanto mais aberta desde que ela fora até o quarto buscar uma pasta e voltara. Nem pensar em quantos botões abertos sua blusa tinha então, quando agora parecia mostrar tão mais dos seus firmes seios. Muito menos ser tão maldoso por achar que ela pretendia alguma coisa por descansar a mão na sua coxa, tão próximo que ele precisava controlar o involuntário movimento de sua bermuda, enquanto lhe perguntava se ele não gostaria de refrescar-se um pouco no banheiro, afinal, tão quente está para quem fica na cidade, não é mesmo?

Pelo alívio dos enfermos

"
A essa altura, ela já subira até o sótão e nem o breu foi capaz de esconder o horror que era se deparar com aquele corpo purulento, estendido em um colchão velho, longe de todos.
"

Nilza Teresinha,
Arroio dos Ratos

Além do mais, não era a primeira vez que lhe acontecia, mas, de qualquer maneira, sempre tinha sido tia Dedé, que lidara com os falatórios que surgiam, quase sempre não da maneira mais diplomática que seria esperada, mas, afinal, o que se podia esperar de tia Dedé que conquistava a alguns, ela e Lucho, o cão feio como a morte que a seguia por todo lugar que fosse, e repugnava a outros? Embora houvesse os que não quisessem entrar no jogo, como seu Remi, o velho que morava no fim da quadra e cultivava as tulipas, havia outros que mais ostensivamente faziam questão de não disfarçar seu horror dramatúrgico, como Zulma, a pequena que atendia no caixa do açougue e, entre um intervalo e outro, quando os cigarros e comentários sobre os episódios últimos dos desencontros amorosos de Mario e Poliana já também se tornavam por demais desinteressantes, era a primeira a lembrar-se das histórias, com um pudor velado que nem à dona Enrietta conseguia surtir efeito — "não quer dizer que eu acredite, mas, se fosse verdade, ou coisa horrível". Todos falavam de Ignacio Pessoa mais uma vez e não porque os abscessos outra vez lhe aflorassem — ou talvez porque sim, as coisas começaram a acontecer mais ou menos simultaneamente a isso, ou aconteciam cada vez que isso lhe surgia — mas porque estava próximo de Virgílio completar os três anos de idade. Ter uma lembrança tão clara de Lenara ainda hoje não pode ser considerado um privilégio, já que todos nós ficáramos fascinados com ela e secretamente indignados que houvesse casado com Ignacio, ele tão grosso e repulsivo em formas e gestos, ela tão pura e delicada em ombros e risos, a fala e o caminhar lentos (eu tinha onze anos, o tempo e as coisas são lentas então), ornada em vestidos florais e odores de campo, que não passavam despercebidos nem a nós, feitos de barro e de futebol, mas que outra coisa haveríamos de fazer?

Não obstante Lenara conquistasse a todos e por vezes conseguisse convergir nossos pensamentos para algo qualquer que não fosse Ignacio e seus abscessos, era claro que estávamos como que esperando coisas já acontecidas. Não seria tia Dedé e Lucho e muito menos Toledo, ele sempre tão distante que era raro que caminhasse à tarde com tia Dedé, envolvido sempre com suas coisas da metanoia, quem iria evitar que se falasse de Ignacio e sua pele purulenta, não se falava de outra coisa no campinho onde jogávamos a pelada e muito menos lá em casa, onde mal se terminava a última colherada de arroz-doce e já se corria até onde se pudesse mirar a casa dos Pessoa para se comentar que estranho que Ignacio não tenha ido ao pátio nem para aliviar-se no banho de sol que (e quem não sabia?) lhe havia sido receitado para secar as pústulas. É fácil quando se sabe que se está tão bem, tão protegido; e a sopa na grande sopeira de prata e o arroz-doce no fim da refeição e tudo o que garante que a maior preocupação é se a pequena Tita vai bem à aula de piano e se o gato parou de perder pelo depois que começaram a tratá-lo com o óleo de castor, lá em casa era assim, mas eu não conseguia parar de pensar em Lenara, se o que ia por trás do sorriso de quando na rua à tarde era mesmo sorriso ou não a preocupação se Virgílio estaria bem, afinal, Virgílio estava em casa sozinho com Ignacio, quem garantia que tia Dedé e Toledo não estavam fora?, e muito menos que podia confiar em Pablo, era claro que não podia confiar em Pablo, logo o primo Pablo, um agregado que só não despertava mais asco porque existia Ignacio também sob o mesmo teto.

    Os Pessoa mantinham sua rotina sob um custo que eu, que prefiro as coisas claras, achava demasiadamente alto. O que seria, então, o trabalho de vender a casa e juntar as coisas e partir dali para outro lugar onde não se soubesse quem eram e onde não fossem obrigados a ouvir sobre como Milena fora boa em desaparecer sem maiores alvoroços, sem mais do que choros desesperados quando da morte do pequeno Bob? Não valeria o esforço de procurar outra morada, um outro lugar onde os olhares que lhes dirigissem não fossem repletos da lembrança de um André afogado sendo retirado do tanque por uma inconsolável Irene? Irene, que nem chegara perto da violência que acometera Clélia quando descobriu o há muito tempo desacordado Peque nos braços de um tartamudeante Ignacio, sem forças nem para defender-se das unhadas que lhe foram desferidas e que ajudavam a compor o quadro de horror que seu rosto se tornava quando os abscessos também lhe acometiam. Há muito os comentários deixaram de incluir qualquer menção à coincidência — o falatório se sofisticava, juntavam-se episódios, às vezes sem relação alguma para arrancar-lhes um sentido (tudo tinha mais sentido do que crer que se pudesse ter nos braços, por três vezes, o filho morto, por causas que iam de asfixia a afogamento) —, o que havia era uma repulsa não declarada a Ignacio Pessoa e suas pústulas, a tia Dedé e Toledo e até a Pablo que, diziam, deixava para trás até mesmo o horroroso cão Lucho, paixão de tia Dedé, em matéria de inutilidade. O mais estranho para mim, e que os comentários por demais comezinhos de mamãe lá em casa e até mesmo do meu investigativo tio Lorival não se dignavam a responder, era com que celeridade Ignacio se livrava da burocracia policial, com que rapidez se faziam as cerimônias fúnebres e toda a parafernália do luto se dissolvia agilmente e então era só a preocupação de que no outro dia todos os olhares e comentários e falatórios estariam novamente direcionados para a casa dos Pessoa, mas era pouco, ainda eu achava pouco e que estranho era que se desse assim, como se tudo tivesse acontecido depressa demais.

Quase não me lembro de tudo o que se sucedia, acho que, na verdade, era sempre a mesma coisa: o tempo de findar o que havia para ser e outra vez Ignacio surgia casado e em não mais do que um ano os Pessoa cercavam Ignacio e sua nova esposa barriguda já, orgulhosos porque vinha uma criança por ali e haveria a chance de assegurar a todos que essa, essa sim cresceria além dos três anos, bem mais do que os três anos que por coincidência (há muito, os comentários deixaram de incluir qualquer menção a coincidência), findaram com os pequenos Bob, André e Peque. Mas não podia ser só isso, tão fácil assim, que tudo fosse simples como tia Dedé e Toledo e Pablo e Ignacio queriam que se fizesse ser. Mesmo que não declarado, que nem nos comentários de Zulma isso se dava, a cada casamento, era o momento em que começava a levantar o alarme de que alguma coisa estava estranha. E o que acontecia então era menos o falatório vil, o querer falar porque havia a compulsão por algo a ser falado: havia uma espécie de suspensão de juízo, um não querer progredir, porque, afinal, sabia-se onde aquilo iria dar.

É de vez em quando como uma borbulhinha prateada plop nos lábios que se estabelecem as ordens e se percebe o que antes não era nenhuma coisa com precisão. Não porque chegaram os convites, mas todos estavam atentos desde os primeiros dias em que Lenara surgira grávida então.

Contavam-se os dias a bem da verdade. Aguardava-se o desenrolar, porque não parecia para todos que fosse suficiente tentar descobrir no rosto de Lenara se ela, afinal, estava feliz casada com Ignacio, porque nenhuma delas nunca parecera feliz casada com Ignacio e tendo de suportar tia Dedé dando comida à boca de Lucho (e quem não sabia?), que ela dava comida à mesa na boca de Lucho, enfiava-lhe carne e deixava que o cão lhe lambesse os dedos antes que ela própria também o fizesse; também não havia por que se sentir presenteada com Toledo à volta falando o tempo todo sobre ascensão pessoal e mudança de atitude e mentalidade e sei lá que outras coisas da metanoia Toledo não passava o dia inteiro falando em casa; que Pablo estivesse à volta também não era motivo de maior satisfação, tão bem sabiam todos que Pablo tantas vezes tentara coisas para cima de Milena e Irene e de Clélia, e com Lenara com certeza não devia ser diferente, e só o que ninguém sabia era por que Ignacio suportava o primo em casa, que, ao contrário de tia Dedé, não fazia esforço algum em favor dele junto à vizinhança. Quando entrou a semana de aniversário de Virgílio, o que era antes falatório e conjecturas e toda sorte de junção de pontos em um novelo que parecia nunca ter fim, agora era como uma massa que se espessava e então o medo, impossível saber de quê. Não que houvesse uma sensibilidade tamanha entre todos ali, mas percebeu-se que tudo se cumpria ciclicamente, cada coisa em sua hora e uma hora para cada coisa — em Ignacio, os abscessos começaram a brotar em profusão, o aspecto asqueroso das pústulas que nem os banhos de sol conseguiam fazer secar. E nem se entrava em pensamentos menores de imaginar que tipo de conluio romântico Lenara poderia ter com Ignacio naquelas condições. Percebia-se era a apreensão que ela tão certo queria não demonstrar, mas que até eu, feito então de barro e futebol, sentia por entre seus odores de campo e seus vestidos que já não caprichava no cingir à cintura.

Mas é evidente, é assunto chato, que se há de fazer, não se pode esperar que os vizinhos tivessem qualquer tipo de altivez ou sensibilidade, é claro que não, mas chegar ao estágio de intrometer-se de maneira tão grosseira na vida de Lenara era algo que eu não conseguia imaginar como, em princípio, pôde se dar. Se vinha de dona Celeste ou dona Martita (esta última que só tinha a pequena Nina com que se preocupar), duas velhas desocupadas que, pela distância considerável que suas casas mantinham da dos Pessoa, podiam se julgar seguras o suficiente para engendrar peça desse tipo, não sei. Também não me surpreenderia se houvesse partido do velho Julio, ele com aquelas esquisitices, sempre achando que lhe punham insetos na comida, bem capaz que fosse o velho quem começara com as cartas anônimas para Lenara. Via-se o desespero nos seus olhos, caminhando não mais junto ao passeio, mas percorrendo o meio-fio pelo lado da pista automotiva, procurando suspeitos atrás das cortinas que se fechavam ante sua presença. Falava-se de quebrar silêncios, trazer à tona o que ela estava pensando e que, aos outros, bastava sentir, tirá-la dessa espécie de ausência em que todos a viam. Criava-se uma trama que, para mim, mais tinha de justificativas do que de boas intenções, mas o que sabia eu de obscuridades capazes de relacionar as pústulas de Ignacio ao não nascimento de uma menina que acabasse com aquilo? Se para mim era por demais cruel que alguém pudesse sugerir que a presença de Virgílio, filho homem, só iria perpetuar o histórico daquilo que não se sabia que acontecia na casa dos Pessoa, imaginar como Lenara reagiria àquilo, à leitura de palavras que não se acusavam de onde vinham e que repousavam nas manhãs de quarta-feira na sua caixa de correio, era de uma atrocidade abominável.

 À minha maneira e como era capaz de julgar então, me parece que houve um erro, um engano evitável não fosse a ordem de insurgência em que Lenara fora colocada. Não se falava em voz alta, mas era óbvio que todos foram cúmplices, senão por incitamento, por se abster de tomar uma posição clara. Afinal, mais fácil era permanecer como escondidos atrás da mesa, esperando que alguém fizesse tudo se calar e, no fim da noite, calçar os chinelos e fumar e tomar o chimarrão, essas coisas que ajudam.

As cartas foram fagulha inicial, é bom que se diga, falando para uma Lenara sobre coragem e fazer o que deve ser feito e não permitir que tudo se repetisse e mais uma vez fosse coisa nenhuma e que depois Ignacio tranquilo fosse aliviar-se ao sol, porque suas pústulas iriam brotar toda vez. Em envelope azul, com uma grafia caprichada o bastante para indicar crença absoluta, alguma coisa qualquer sobre fazer justiça, finalmente o que deveria ser feito, as cartas foram em quantidade suficiente para, se não convencer, atordoar Lenara, mostrando-lhe alguma coisa que não era ela própria, mas então o quê, me diga só. Tudo isso eu não podia ver porque detrás da porta da casa dos Pessoa eu não podia enxergar para ter os detalhes precisos da noite que precedia o aniversário de três anos de Virgílio, mas nem que me houvessem dito, que talvez Lucho, que percorria a casa inteira dos Pessoa, arrastando seu corpanzil pestilento, me confidenciasse, eu poderia crer ou conceber essa Lenara assim, que já não mais dividia a cama com Ignacio, sem conseguir dormir, abraçando Virgílio, encolhidos sob o cobertor, tão rígida encarando a porta fechada do quarto. Se, de alguma maneira e por algum motivo que não me vem, então eu pudesse estar na casa dos Pessoa, se eu dividisse com eles o teto daquela casa assim como Pablo o fazia, ainda hoje, mais do que me recordo dos odores de Lenara e da lembrança tão vívida de seus vestidos cingidos na cintura, não me sairia da memória de maneira nenhuma essa Lenara já de pé, encarando Ignacio, o purulento Ignacio, combalido porque sua enfermidade há tempos já lhe prejudicava a atividade motora, esse Ignacio que lhe pedia por Virgílio, que dizia que Virgílio devia lhe ser entregue porque era tempo de ter

Virgílio, assim como tivera todos, em outro lugar que não ali, porque era preciso dar alívio aos seus abscessos purulentos. Mesmo que fosse Lucho, é certo que mesmo que o cão de tia Dedé fosse capaz de me sussurrar o que presenciara naquela noite, eu seria incapaz de acreditar que Lenara, tão delicada e repleta do que parece ser somente doce, pudesse tirar força não sei de onde para esbofetear Ignacio, uma, duas ou três vezes, enquanto gritava que não, que não tiraria Virgílio dela, não o seu Virgílio, mesmo que Ignacio dissesse que era preciso, porque ela não trouxe a menina que ele esperava que ela trouxesse, que, como todas as outras, só era capaz de torná-lo pai mais uma vez de um rebento, porque não havia lhe concebido uma menina?, ainda assim eu não acreditaria que tudo tivesse se passado como dizem que se passou. Que esbofetear Ignacio não fosse o suficiente para detê-lo, aquele Ignacio que investia em direção à cama onde o pequeno Virgílio só fazia chorar, isso seria preciso de muito esforço para crer, bem como crer que o desespero de Lenara não se estancaria daquela maneira e que seus gritos, é claro que seus gritos ecoaram na casa inteira e acabaram por chegar, primeiramente e mais provável, à casa de seus vizinhos, os Carneiro. E se os gritos de Lenara foram abafados em seguida — e eu, que nem da primeira vez pude ouvir coisa alguma, porque nossa casa não era tão próxima assim da casa dos Pessoa e, a bem da verdade, não se pode crer que tudo aconteceu daquela forma — pode ser, pelo que se disse, que tenha sido a presença de tia Dedé e Toledo e do primo Pablo que pôs fim aos gritos. Bem como se disse, os outros três Pessoa podem ter sido aqueles que evitaram que o corpo purulento de Ignacio levasse mais do que as dezessete estocadas de tesoura que se contou e que todos, e isso é verdade, ficaram sabendo. O que não ficou claro, no entanto, e para isso não faltaram versões repletas de criatividade (e maravilhoso seria que o cachorro Lucho, se assim fosse possível, contasse da forma correta o que aconteceu), é de que maneira Lenara e o pequeno Virgílio despencaram da janela do quarto. Mesmo que tenha se tornado praticamente consenso que tia Dedé e Toledo e o primo Pablo tenham sido os responsáveis e que, se não fosse por eles, ainda talvez sentiríamos os odores do campo a exalar de Lenara e teríamos uma lembrança ainda mais clara de seus vestidos cingidos, isso é algo que não se pode mudar. Mas o que aconteceu mesmo, se foi obra de tia Dedé e Toledo e do primo Pablo, tudo isso eu não podia ver, porque detrás da porta da casa dos Pessoa eu não podia enxergar.

Me

> "Perdeu o controle em definitivo quando viu que não se conhecia mais nem pela manhã."

Rodrigo Oliveira,
Espelho

Acordei com o solavanco que sempre faz quando dobra a esquina da Azenha e me desescorei rápido do cara que dormia do meu lado — sempre acabo dormindo por sobre os ombros das outras pessoas nessas viagens de ônibus durante as madrugadas. Os olhos meio embaçados ainda, achei estranho quando reconheci o cara que catava as moedas nos bolsos da calça para pagar a tarifa para o cobrador: era eu, só que bem mais sujo, roto, os cabelos mais desgrenhados do que de costume, mas não tive dúvida. Eu mesmo. Segui-o [me?] com o olhar para ver onde ia sentar, mas já não tinha mais lugar.

Quando passou [ei?] pelo meu [seu?] banco, olhou [ei?] no fundo dos meus [seus?] olhos e deu [ei?] um risinho me [o?] reconhecendo, demonstrando intimidade.

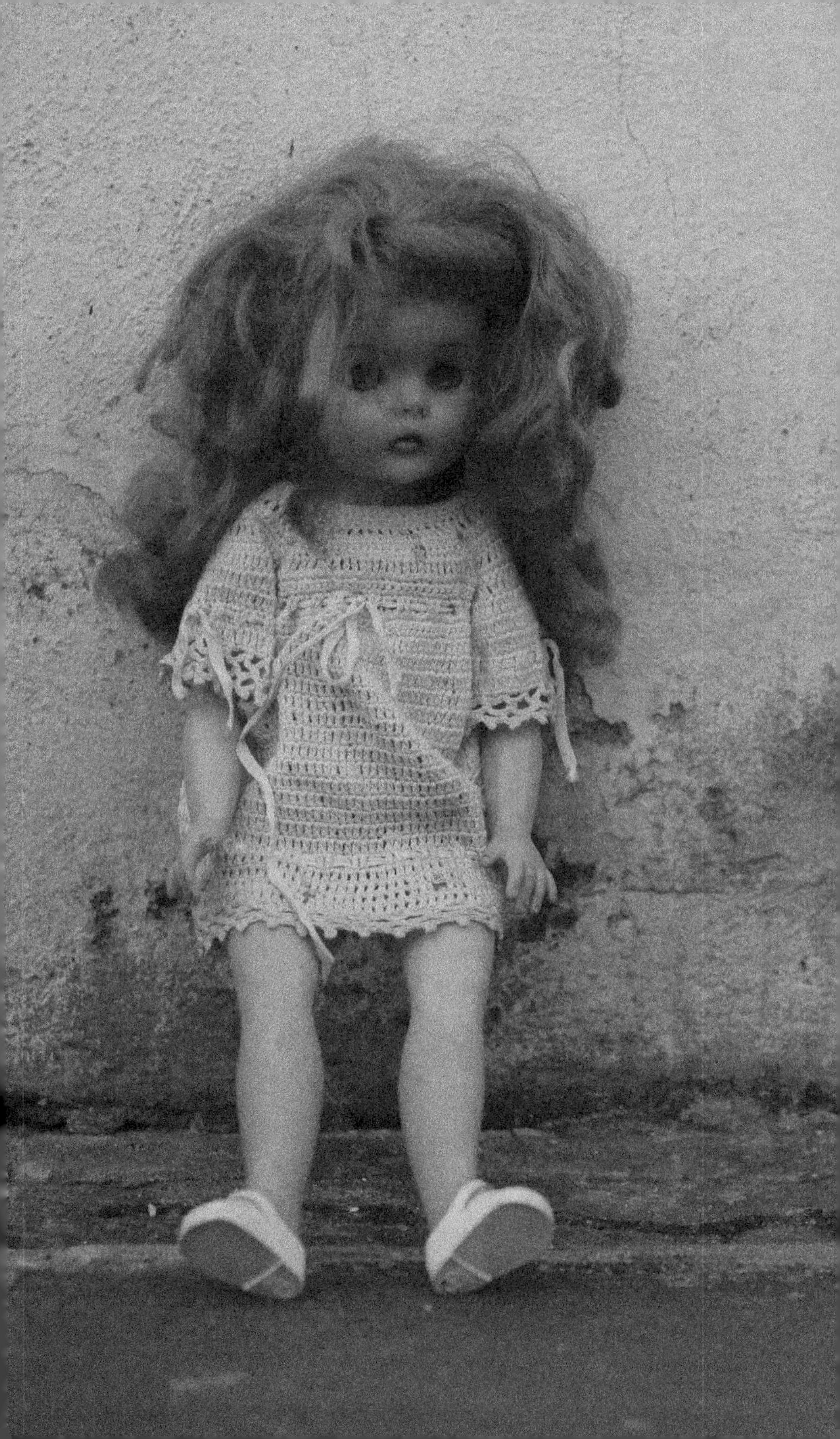

POSFÁCIO
A sordidez das pequenas coisas ou A iluminação pelas pequenas conjecturas
MARIEL REIS

É sabido, pelo menos por mim, que, durante a leitura de um livro digno de ficção, a sensação de cansaço empreendida na travessia permanece nos músculos, excita a imaginação e congestiona o cérebro, porque tivemos contato com algo superior e, sobretudo, descrito de modo convincente por alguém que deseja um pacto completo com a ilusão que cria. Isso, sem dúvida, deve ser o que ambiciona todo ficcionista, estreante ou não. Mas poucos conseguem manter o leitor preso à sua teia, mesmo quando o volume fechado sobre a mesa assombra a consciência com a qual manteve, naquele espaço de tempo, cumplicidade e terror, para revelar os caminhos da iluminação sutil do que está ao redor.

Alê Garcia, ilusionista gaudério, forçou-me a adotar a postura do deus Janus. Voltando meu olhar tanto para o meu interior quanto para o volume sobre a mesa. Não lhe falta a habilidade do narrador, tampouco a inventividade para fixar no espaço ficcional identidades reelaboradas a todo instante: jogo que nos arremessa em um labirinto ou em um sonho. Sobretudo, em narrativas como *Vãos*, *Decágono* e *Epifania*.

Como é um posfácio, posso me dar ao luxo de apontar o intrigante. Uma narrativa curta, intitulada *As pernas flácidas de dona Ataíde*, onde tudo o que é preciso para um grande contista está presente. Se essa curta ficção me causou o bom impasse, é possível que isso se transfira ao leitor, em maior ou menor grau. Pode ser origem de uma preferência repleta de símbolos do inconsciente. Estão lá o gato, a catarata, o jovem e a pedrada. Tudo em um mix de espanto, sexualidade e horror. Caminhos para um ensaio psicanalítico. O escritor é a ouvidoria para todas as nossas esquizofrenias.

Antes, minha intenção era afirmar que *A sordidez das pequenas coisas* é um livro místico, apontando para uma iluminação particular através desses incidentes que, se observados com atenção, podem reformar o íntimo de um homem. Porém, achei pretensioso, quem iria acreditar em mim?

Dentro disso de iluminação, difícil não se desvencilhar da comparação com outro escritor, Henry Miller, que da sordidez, da desfaçatez e outros índices da crapulice humana construiu para si uma beatitude, talvez semelhante à que pretenderia abordar, se não me faltasse competência para descrevê-la em detalhes. Mas, por similaridade, a preferência por esses anônimos, enjaulados em sua dor muda, conduzida ao escritor como este ouvidor, que poderá sujeitá-la a nova ordenação e revelar-lhe a possível beleza.

Os personagens fincados nas narrativas de *A sordidez das pequenas coisas* possuem aquela aura de outros coirmãos, presentes em *Primavera negra*, onde Henry Miller pontua-os do seguinte modo: "*Os rapazes a quem se admira quando se vai pela primeira vez à rua permanecem juntos toda a vida. São os únicos heróis reais. Napoleão, Lênin, Al Capone... são fictícios. Para mim, Napoleão não é nada comparado com Eddie Carney*". É dessa forma que me soa a presença de Lorenço, Aline e Liane, dona Ataíde, não personagens, mas gente de carne e osso, que não ergueu da folha em branco, mas que caminha pelo bairro Menino Deus e que, um dia, pretendo apertar as mãos, sentar-me para um café e perguntar-lhes sobre como passaram a semana. Valeu a pena percorrer estas páginas.

Mariel Reis é escritor carioca. Participou das antologias *Paralelos: 17 contos da nova literatura brasileira* (2004) e *Prosas cariocas: uma nova cartografia do Rio* (2004). É autor de *Linha de recuo e outras estórias* (2005) e *John Fante trabalha no Esquimó* (2008). Publica em periódicos como Rascunho, Panorama da Palavra, Revista Ficções, Pitanga, além de manter o blogue *Cativeiro amoroso e doméstico*.

À minha esposa Nani, por todo o amor,
a dedicação e a paciência.
Aos meus pais e meu irmão, por todo o amor
e por terem feito quem eu sou.
Ao Rodrigo Taquatiá, por ser irmão
com quem sempre se pode contar.
Ao Frederico Cabral e Jennifer Heemann,
por serem os melhores amigos, parceiros de ideias
e entusiastas de todos os projetos.
À Não Editora, por acreditar primeiro.
À Dublinense, por seguir acreditando.

Ao Julio Cortázar, pelos motivos óbvios.

Muito obrigado.

Copyright © 2010 Alê Garcia

CONSELHO EDITORIAL
Eduardo Krause, Gustavo Faraon, Luísa Zardo,
Nicolle Garcia Ortiz, Rodrigo Rosp e Samla Borges
PREPARAÇÃO
Rodrigo Rosp
REVISÃO
Samla Borges
CAPA E PROJETO GRÁFICO
Luísa Zardo
FOTO DO AUTOR
Chico Kfouri

**DADOS INTERNACIONAIS DE
CATALOGAÇÃO NA PUBLICAÇÃO (CIP)**

G216s Garcia, Alê.
A sordidez das pequenas coisas / Alê Garcia
— 2. ed. — Porto Alegre : Dublinense, 2023.
168 p. ; 21 cm.

ISBN: 978-65-5553-091-1

1. Literatura Brasileira. 2. Contos
Brasileiros. I. Título.

CDD 869.937

Catalogação na fonte:
Ginamara de Oliveira Lima (CRB 10/1204)

Todos os direitos desta edição
reservados à Editora Dublinense Ltda.
Porto Alegre • RS
contato@dublinense.com.br

Publicado originalmente em outubro de 2010 pela Não Editora,
casa de livros porto-alegrense formada por Antônio Xerxenesky,
Guilherme Smee, Lu Thomé, Gustavo Faraon, Rafael Spinelli,
Rodrigo Rosp e Samir Machado de Machado.

Descubra a sua próxima
leitura na nossa loja online

dublinense .COM.BR

Composto em TIEMPOS e impresso na META BRASIL,
em PÓLEN NATURAL 80g/m², na PRIMAVERA de 2023.